U0438602

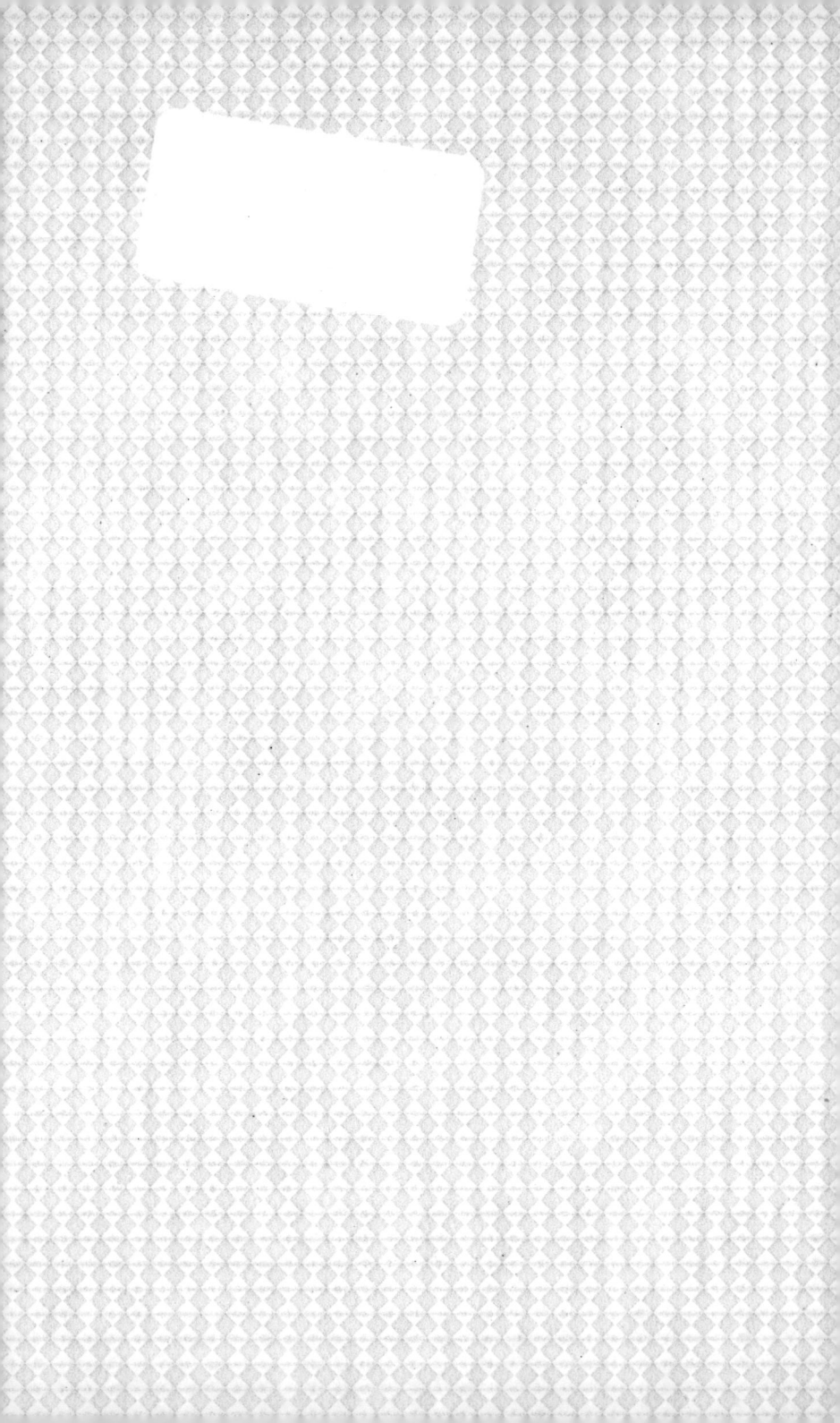

BREAM GIVES ME HICCUPS

吃鲷鱼
让我打嗝

JESSE EISENBERG

〔美〕

杰西 · 艾森伯格 著

吴文忠 译

人民文学出版社

著作权合同登记号图字 01—2016—0179
Bream Gives Me Hiccups

图书在版编目（CIP）数据

吃鲷鱼让我打嗝／（美）杰西·艾森伯格著；吴文忠译．—北京：人民文学出版社，2016
ISBN 978-7-02-012096-3

Ⅰ①吃… Ⅱ①杰… ②吴… Ⅲ①短篇小说—小说集—美国—现代 Ⅳ①I712.45

中国版本图书馆 CIP 数据核字（2016）第 245409 号

责任编辑 **张海香**
装帧设计 **陶 雷**
责任印制 **苏文强**

出版发行 **人民文学出版社**
社　　址 **北京市朝内大街 166 号**
邮政编码 100705
网　　址 http://www.rw-cn.com

印　　刷 **三河市西华印务有限公司**
经　　销 **全国新华书店等**

字　　数 165 千字
开　　本 880 毫米 ×1230 毫米 1/32
印　　张 7.625
印　　数 25001—35000
版　　次 2017 年 4 月北京第 1 版
印　　次 2017 年 6 月第 3 次印刷

书　　号 978-7-02-012096-3
定　　价 49.00 元

如有印装质量问题，请与本社图书销售中心调换。电话：010-65233595

发现肉
——致中国读者

2005年，我在中国待了45天，想着要说好一句中文：没有肉。

我是一个素食主义者，所以在中国背包旅行的时候，我学到的第一句中文就是“没有肉”。但是不管我去什么地方，因为我的中文太差了，没有人明白我说的是什么意思。

在北京某条胡同一家著名的北京烤鸭店里，我曾试着说“没有肉”，对方却一脸茫然。

在西安，我试了同样的说法，但是得到的回应还不如我和秦始皇陵兵马俑聊天来得多。

在重庆、昆明、丽江、中甸、虎跳峡、阳朔、大理、桂林以及长江沿岸，我试着对很多热情的人说“没有肉”。然而，不管我试了多少遍，不管我怎样强调其中某个字，都没有人听懂我在说什么。在成都，我甚至试着和熊猫说这句话，结果熊猫已经吃素好多年了。在我旅行快结束的时候，我参加了一个中文口语班，学习了中文的四声。我学会了“再见”的“见”是去声，“你好吗”的“吗”是平声。

当我学习了一点儿中文之后，我对中国的每一个人（实际上，中国的人口太多了）充满了新的敬意。我不由得赞叹：“这个国家的每一个人，都会说这样一种无比难学的语言。这真是一方充满了天才的土地。”

◇◇◇◇◇◇◇◇◇◇◇

几年之后，我开始写剧本。我的第一部剧《亚松森》，是关于一个菲律宾女人和一个自恋的美国大学生成为室友的故事。每次演出结束，我会在剧院大厅和观众见面，当时遇到了很多来自中国的观众。

他们通常是最谦和的粉丝。我当时认为，"他们之所以来看这部剧，是因为剧中有一位亚洲女性，从而有着某种文化上的共鸣。"

接下来的一年，我写了我的第二部剧《修正主义者》。这部剧写了一个自恋的美国男人旅行去波兰，探访他的远房亲戚。剧院里再次坐满了中国观众。演出结束之后，我不仅在他们的节目单上为他们签名，还加入了他们的讨论。他们会评论一些**非常**细节的东西，比如："上周，我注意到你是在第二场里倒了杯水，但是今晚却是在第三场里倒水。我觉得还是在第二场里倒水会更搞笑。"我很震惊。他们的评论很有见地，并且符合喜剧原理。

去年，我最新的一部剧《战利品》先在纽约演出，然后在伦敦演出。这部剧写的是一个自恋的美国男人（注意到一个主题了吧？）如何折磨他的尼泊尔室友。我遇到了一群新的中国粉丝，他们走进剧院的时候，带来了根据本剧创作的极其生动和充满想象力的艺术作品。

这些粉丝也谈论了《吃鲷鱼让我打嗝》这部书。他们不仅读了此书，还像以前那样，给予了非常具体的评论，并且提出了一些探索性的问题，比如："哈珀·雅布隆斯基非常刻薄，但其实那只是因为没有人理解她。你觉得她会长成一个正常的成年人吗？"之后我们会展开关于这些故事的有趣的讨论——那种作者们喜欢、乐于参加，却很少有机会参加的讨论。只有那些真正感兴趣且聪慧的读者才能引发这种讨论。

在和我所有中国粉丝互动期间，自始至终总有一个声音在我耳边小声说："这些人**也**会说中文。他们知道没有肉！他们知道再见！他们知道你好吗！"

作为一名艺术家常常前景堪忧。我不停地在寻找下一份工作，从来没有完全稳定的感觉，完全没有一场演出会接一场演出或者一部剧会接一部剧的信心，从来没有感受到艺术家所**需要**感受到的那种为人认可的感觉（自恋的美国人？）。而我的职业生涯中，始终如一的只有我的创作经历，以及那些不管我做什么，都会一如既往地支持我的人。除了我的家人和一小撮朋友之外，我唯一能够指望获得支持的来源，便是你们这些可爱的中国粉丝。你们是一群善良聪明的人，会旅行到不同的大陆来支持我的演出，会读我的书，看我的电影。对于一个神经质的我来说，这是再好不过的回应了。

最后，我必须说：谢谢你的肉。

杰西·艾森伯格

2017 年 2 月[1]

---

[1] 上文中出现的“发现肉”“没有肉”“再见”“你好吗”“谢谢你的肉”在原文中皆为中文，其中“没有肉”即“不要肉”。

目录

一 吃鲷鱼让我打嗝：九岁幸运男孩的饭店点评

二 家人

三 历史

四 室友偷走了我的拉面：一个沮丧的大一学生写的信

五 约会

六　体育运动

七　自助

八　语言

九　我们仅有时间再演奏一曲……

BREAM GIVES ME HICCUPS
JESSE EISENBERG

一

吃鲷鱼让我打嗝：九岁幸运男孩的饭店点评

野泽寿司馆

昨天晚上，妈妈领我去了马特家附近的野泽寿司馆。只是妈妈没让马特和我们一起去，而且我当时正在看我最喜欢的节目，因为妈妈说，再不走，我们预订的晚餐就要来不及了，不过，我不知道妈妈订的这顿晚餐是让谁出的血。

在野泽寿司馆的门前站着一个凶巴巴的女人。我问妈妈，那个女人为什么在那儿独自生气呢？妈妈说，这是因为她是日本人，这里有文化差异。在学校给我们打饭的女人也是凶巴巴的，可她不是日本人啊。也许给人打饭这项工作是会让人生气的。

野泽寿司馆没有菜单。妈妈说这才叫上档次。寿司大厨神态严肃地站在餐台的后面，很随心所欲地给客人递食物。他也是凶巴巴的。

他们给我们端上来的第一件东西是一卷湿毛巾。我把毛巾摊开放在腿上，因为妈妈总说，到一家高级餐厅要做的第一件事情，就是把餐巾放在腿上。可是这块餐巾却又湿又热，让我感觉像是我尿了裤子。妈妈很生气，问我是不是犯傻了。

这时，那个凶巴巴的女人端来了一小碗上面浇着黄色酱汁的捣烂的红色鱼肉，说那是金枪鱼肉。可是我猜她是在说谎，因为那东西尝起来根本不像金枪鱼，令我感觉马上要呕吐。但是妈妈说，我必须得把这东西吃掉，因为“金枪鱼是野泽寿司馆的招牌菜”。在我们学校，有个学生叫比利，可是我们暗地里都叫他“校霸比利”，他经常在老师进教室之前，将药膏抹在老师的椅子上。他也是我们学校的“招牌”。

妈妈说饭店还提供鸡蛋，所以我就要了两个鸡蛋，但是当那个凶巴巴的女人将鸡蛋端来时，我看那样子并不像鸡蛋；而是很像两块肮脏的海绵，结果，我当着妈妈的面直接将鸡蛋吐在了桌子上。妈妈双手一拍桌子，震得盘子叮当响，我吓坏了，结果将更多的海绵吐在了妈妈的手里。妈妈用一种怪怪的低声冲我吼叫，说她领我来这家饭店唯一的原因就是，这一切由爸爸买单。接着我开始抽抽噎噎地哭泣，讨厌的鸡蛋碎块顺着我的鼻涕喷了出来。妈妈开始笑着哄我，又抱了抱我，并告诉我安静下来。

那个凶巴巴的女人给我和妈妈端来了两小碟米饭，上面还是那令人讨厌的鱼肉。我求妈妈把上面的鱼肉拿走，我只吃下面的米饭。妈妈说：“那太好了，我就多吃点儿吧。”然后就把我那份儿鱼肉吃了。我喜欢吃米饭，因为妈妈说过，米饭就像没有边儿、没有皮儿的日本面包，这对我再好不过了，因为我不喜欢吃边儿和皮儿什么的。我也喜欢听妈妈说“那太好了，我就多吃点儿吧”，因为那句话似乎表达了她最幸福的心情。

当那个女人拿过账单时，妈妈冲她一笑，并说了句“谢谢你”，可是我认为妈妈是在撒谎，因为妈妈最讨厌人们给她拿来账单。当妈妈和爸爸还没有离婚时，妈妈总是装作她要付账单的样子，可是当爸爸拿过账单时（付账单的总是爸爸），妈妈就会撒更多的谎，比如：“你真的要付账单吗？那好吧，哇塞，谢谢你，亲爱的。”现在爸爸不再和我们一起来饭店了，也许我该从妈妈手里抢过账单，也撒一句谎，说：“噢，真的吗？那好吧。谢谢妈妈。”但是我不能撒谎，因为生活中有伤心事儿的大人们才撒谎。

凶巴巴的女人将账单拿走时并没有说声“谢谢”。我猜她并非有什么伤心事儿。但是她肯定是在生气。

我明白在这里工作的人为什么要这么生气了。我猜这和在加油站工作差不多，但是这里没有汽车，他们是要给人加料。人们在餐桌上吃饭慢得很，又谈论自己无聊的生活，不断相互间逗笑，可是当服务员过来时，他们却又不笑了，变得很安静，好像他们不想让任何外人知道自己那些了不起的笑话似的。而当服务员谈论自己的生活时，他们不能说自己的生活有多么糟糕，只能说生活有多么好，比如，“我感觉好极了，你呢？”可如果他们说点儿真话，比如说，“我感觉差劲极了，我在这里当服务员”，他们就很可能被炒鱿鱼，然后生活就会更加糟糕。所以说，快乐地谈论事情应该永远是个好主意。但有时候那是不可能的。所以，我给野泽寿司馆打 16 星，满分 2000 星。

伊拉克烤鱼馆

昨晚，妈妈领我去了一家叫作伊拉克烤鱼馆的新饭店。妈妈说，这是一家伊拉克人开的饭店，我们必须得去，因为我们是开明的人，应该去给予支持。不过我觉得有点儿怪，因为马特的哥哥随部队去了真正的伊拉克，而他们的军车上写的是“支持军队”。所以我感觉我们好像是在支持这家饭店，而不是支持马特的哥哥。

妈妈说，她读书俱乐部里所有的妇女都去过这家饭店，但是我不明白为什么我们也得去这家饭店。而且我也不明白为什么妈妈要去那家读书俱乐部，因为她什么书也不读，而且读书俱乐部在我们家开会之前的夜晚，她说了很多“我操”这种脏词，还让我去查维基百科。接着，她边用吸尘器，边听我给她读剧情概要和主要人物，这活儿可有点儿累，因为吸尘器的动静真的太大了，我得抱着我的笔记本电脑跟着她在屋子里转，大声给她读有关信息。

我走进伊拉克烤鱼馆注意到的第一件怪事儿就是，许多在那里吃饭的人都戴着大大的黑色面罩，把脸遮得只能看到眼睛。妈妈有些失望地对我说，她原本希望这里有更多“像我们”这样的人。但是我说，因为这些人都戴着面罩，所以我们并不知道他们到底长什么样子。这时，妈妈就用胳膊肘碰我的脖子。当我说话声音太大，或者声音太小，或者我大声笑时，她都是用胳膊肘碰我。

妈妈看菜单时，压低了声音轻轻地说：“见他妈的鬼了！没什么可喝的哦。”我说不准她说那话是什么意思，但是我想那和喝酒有关，因为妈妈每次打开菜单要做的第一件事情，就是看菜单上的酒水栏，然后长长地出一口气。

妈妈说，她为我们两个人点餐，还说我们俩要混着吃。当她认为饭菜不会太好时，通常都是这么说。当女服务员过来帮我们点餐时，妈妈看她的神情犹如对方是个难民一样，还问她 ："你从哪里来啊？"女服务员回答 ："伊拉克。"妈妈又问 ："噢，那太好了，哪座城市啊？"女服务员回答 ："巴格达。"妈妈说 ："噢，噢，噢。"好像对方是在哭泣，需要她哄似的，可其实那个女人并没有哭，她在展露微笑。所以，我就朝她看去，也给了她一个灿烂的微笑，为的是告诉她，我并非总站在妈妈一边儿，但是当女服务员看到我朝她微笑时，脸上却露出了古怪的表情，好像我是在嘲笑她，可我并没有啊。这时妈妈在桌子下面用脚踢我，让我的腿疼了一晚上，第二天早上（也就是今天）还有点儿疼呢。

女服务员给我们端来的第一道菜是一盘看上去很怪的米饭，和一大碗类似汤类的红汁茄子。我能看出来，妈妈对这道菜感觉有些恶心，但是她却对女服务员说："哇塞！传统菜！真等不及来一口！"但是我能看出来妈妈是在说谎，因为当女服务员走开之后，妈妈只是用前牙咬了一小口，接着就鼻孔大张，那样子像是要吐在桌子上。接着她说 ："宝宝，我想你会喜欢的。怎么不尝一口啊！"所以我知道她肯定是不喜欢这道菜了。然后妈妈就把这碗茄子汤倒在了米饭上面，在盘子里搅和了一下，让人感觉我们是吃了些。

接着女服务员给我们端上了另一道菜，是烤鸡肉串和炸薯条。尽管没有番茄汁，但是炸薯条的味道还是炸薯条，烤鸡肉串的味道也是正常的鸡肉味儿。妈妈和我尝了之后都感觉味道很正常，我们俩都如释重负地相互看了一眼，好像我们就是马特的哥哥，而且刚从伊拉克凯旋。

在回家的路上，妈妈给读书俱乐部所有的妇女都打了电话，告诉她们我们去了伊拉克烤鱼馆。她一直在说着谎话，告诉她们，和我单独共进晚餐的时光是多么美好，而且看到那里所有的伊拉克人都戴着黑色的面罩真是好有趣啊，还有，在那欢乐的美餐期间，她根本都没有想过爸爸的新女友。当妈妈说谎时，她并不说她心里不想说的话，只说心里想说的反话。大多数孩子很可能因为自己的妈妈说这么多的谎话而生气，但是出于某种原因，我只是为她感到伤心。

我们回到家之后，妈妈穿着衬衣衬裤吸地毯，我又给她读了《呼啸山庄》的内容概要。后来妈妈说她的肚子有点儿疼，我觉得我的肚子也有点儿不舒服。这样，妈妈和我都上了各自的卫生间，在里面待了好久。所以，我给伊拉克烤鱼馆打129 星，满分 2000 星。

W宾馆的威士忌蓝酒吧

昨晚，妈妈领我去了一家叫作“威士忌蓝”的酒吧，这名字听起来蓝汪汪的很有趣，但实际上却是个黑森森令人恐怖的地方，喝醉酒的人们都是浓妆艳抹，说话也是抬高了嗓门，装作很幸福的样子。

妈妈和一个她称为“鳏夫朋友”的男人在此约会。“鳏夫”的意思是他的妻子死了，而“朋友”呢，当妈妈说某个男人是她朋友时，那就是妈妈想要与之结婚的有钱人。我从来没有机会和妈妈出去一起约会，但是这次妈妈却让我见一见她的鳏夫朋友，因为她想让他看看，她会是一位多么好的母亲，会很好地疼爱他那两个永远失去了母亲的女儿。

那位鳏夫朋友约我妈妈去威士忌蓝酒吧时，并不知道我也随妈妈而来。因为我的年龄不能去酒吧，妈妈就说我们必须装作是 W 宾馆的客人。我对妈妈说，我不想对宾馆的人说谎，但是妈妈说，在这种情况下是可以的，因为这仅是一个白色谎言，我猜这是白人们可以无须感到内疚而说的谎言。

既然妈妈想要向那个男人展示她是一位多么好的母亲，我就知道这一整晚，她都会对我很好。当那个男人走进来时，妈妈用胳膊搂住我，这让我感觉怪怪的，因为她从来不这样搂我，我也从来没有注意到她的手是那么冰冷和骨瘦如柴。

我们都坐下之后，那个男人说：“不知道你把你儿子也带来了。”妈妈又捏了一下我的肩膀，说：“我真的不忍心离开这个小家伙啊。我喜欢孩子。”我知道妈妈就要开始说关于如何喜欢孩子的谎话了，但是我想她既然这么做，该想个更好点儿的创意吧。

女招待来到我们桌子前招呼我们。她蹲下的姿势有些怪怪的，那样子好像要让我们看她的乳房。她穿着很短的黑色裙子，长得非常漂亮，不过不能近看。她说："亲们，晚上想喝点儿什么呀？"

妈妈说她要一杯草莓莫吉托，并用一种稚嫩的声音对那位鳏夫朋友说："我这样是不是太像个小女生啊？"鳏夫朋友脸微微一红并露出微笑，这让我想到，他实际上更想和一个年轻女孩约会，而不是和一个装出稚嫩女孩声音的老女人。接着，鳏夫用十分严肃的声音点了他要喝的，让人感觉把所有细节都说明白了非常重要似的："添加利干马丁尼酒。加柠檬皮卷。不要摇匀，要搅拌。"女招待也十分严肃地点点头，这让我突然间想到，开一家只做酒的地方，是多么奇怪啊！既然他们只卖一种东西，他们必须要十分认真。我想，可能从来没有人告诉过他们，他们所做的这件工作并不那么重要。

然后，女招待又让我看了她的乳房，并问道："小帅哥，你喝什么呀？"妈妈让女招待给我来一杯"秀兰 · 邓波儿"，可是我并不想喝这玩意儿，因为那是根据去世的女孩"秀兰·邓波儿"的名字命名的，但是我决定什么也不说。接着妈妈说："勾兑得淡些，今天晚上他还得开车呢。"三个成年人都大笑起来，尽管妈妈开的玩笑是句谎话，而且并不好笑。

酒端上来之后，妈妈喝得有点儿太快了，马上又点了一杯。那个男人则慢慢地呷着自己的酒，这就意味着他很可能不喜欢妈妈。我呢，则努力地从杯子底部往外捞樱桃吃，因为我饿了。

妈妈喝得越多，就询问更多的关于鳏夫妻子的事情。我能看出来，鳏夫朋友并不想谈论他的妻子，因为他在试图改变话题，但是妈妈却说了些奇怪的事情，比如：“黛比有没有去过希德斯－西奈医院？因为我朋友乔伊斯是那里一位十分了不起的内分泌专家。”我想，妈妈只是想让那个人知道，她有一个很厉害的医生朋友，但是因为那个人的妻子已经死了，她却还这么说显得真奇怪。那个人似乎有些惊讶，我觉得他是在努力不哭出来。接着他轻声地说：“我们根本没有去希德斯－西奈医院。”

通常情况下，妈妈都会因为自己说出这样愚蠢的话而感到尴尬，但是因为她喝多了，她并没有意识到她让那个人心情不好。因此，妈妈没有道歉，反而说：“我和乔伊斯从大学时代就是朋友。她真是才华横溢，而且博览群书。”那个人只是点点头。

妈妈说她得去“梳洗一下”，那就是说她要去拉屎，因为妈妈一喝酒就拉屎。这时只剩下了我和那个男人。和他单独在一起让我感觉有点儿怪怪的，因为我认为他并不是真心喜欢我来参加他们的约会。我禁不住想他死去的妻子，可尽力不提及此事，但是我非常紧张，竟然说了句：“您妻子死于癌症我替您难过。”我知道我不该说这话，但是这个想法在我脑子里挥之不去，所以有时候说着说着话也会出事儿的。他说：“谢谢。”这时妈妈回来了。我能看出，她一定拉了不少，因为脸上的表情轻松了许多。

妈妈坐下之后说：“准备来第三杯了吧，先生？”意思是她想和那个男人继续喝下去，但是我能看出，那个男人很想回家。我也想回家，但是我知道妈妈想多待一会儿，所以我什么也没有说。但是那个男的看了看手表，说了句：“我很愿意再喝点儿，但是我的两个女儿很可能在替我担心呢。”这似乎是一个正常的家长该说的话，尤其还因为他的两个女儿已经失去了母亲。这让我对这个鳏夫朋友产生了好感。

那个男人陪我们走到我们的车前，给妈妈一个拥抱。妈妈则回抱了很久，尽管那个男人想挣脱开她。

在回家的路上，我能看出，妈妈让这次约会搅得心烦意乱，也许她认为这在某种程度上是由于我的过错。我也能看出，妈妈喝醉了，因为她开着车子在公路上横冲直撞，几乎和一个男子相碰。他摇下车窗,用西班牙语冲妈妈怒吼。接着，妈妈也回骂了他一些脏话，把整个墨西哥人都捎带上了。我开始哭泣，因为那个人一直在喊叫，真的吓死我了，尽管他说的话我一点儿也不懂。有时候，最令人害怕的东西就是那些让你不懂的东西。所以，我给威士忌蓝酒吧打 136 星，满分 2000 星。

天使冰王[*]

昨晚，妈妈让我挑选饭店，我就选了天使冰王。我知道人们不该吹牛，说什么你拥有全国最好的酸奶冰淇淋，这是不对的，但是妈妈总说，如果你真的努力去追求，你就能成功。既然天使冰王那么想拥有最好的酸奶冰淇淋，竟然把自己的想法作为饭店的名字，那么他们的酸奶冰淇淋也许就是最好的。

妈妈还让我带一个朋友一同前往，我就选了马特，不过，现在马特喜欢别人叫他马修了。妈妈总管马修叫我的“小朋友”，可这听起来很奇怪，因为马修比我长得要高。他也比妈妈高，而且我认为妈妈并不喜欢他，但是我想这可能是因为马修和我是很铁的朋友，而妈妈却没有什么很铁的朋友，而且爸爸恨她，并且当着我的面两次说恨她，然后就走了。

我问妈妈，我们去天使冰王的路上，是否可以接一下马修，妈妈则大声地叹了口气说：“如果他在那儿和我们会面，这对大家都方便些。”我想她这么说很是奇怪，因为所谓的大家就是我们和马修，而且他家就在去天使冰王的路上。但是我没有争辩，所以马修就骑着自行车，在停车场和我们会合了。

妈妈和我看到马修时，他跑过来拥抱了我们一下。马修最近开始频频拥抱人了。我喜欢他这么做，因为我喜欢人们拥抱我，但是妈妈却有点儿不愿意和他拥抱，因为她不习惯别人碰她，因为从来没有人碰她。

天使冰王里有许多口味可供选择，这让我感到他们真的

* 即“The Country's Best Yogurt”，美国最大的酸奶冰淇淋连锁店之一。

是想在这方面做得最好。我想让妈妈和马修认为我选择来天使冰王是个正确的选择，就说："哇塞！看他们有那么多各种各样的口味啊！"接着，妈妈就用挖苦的声音说："天使冰王啊，汝反对太多了❶！"马修和我相互看了一眼，好像是强忍住不笑的样子，因为妈妈说的话毫无道理。

马修点了高山黑莓酸奶冰淇淋。他说他之所以点这个，是因为这个颜色最有意思。那是一种淡淡的紫色，但是马修却称之为"藕荷色"。"藕荷色"这个词我以前从来没有听说过，能够听到新鲜的词语也是我喜欢马修的原因之一。我问他，他为什么不选择他最喜欢的口味呢，他说，他认为所有的口味大概都是同一种味道，所以最好的做法就是选择一种"好看的颜色"。马修说"藕荷色"和"好看的颜色"时，妈妈都翻了翻白眼。

柜台后面的女服务员问马修要什么样的辅料，马修说他要蓝莓和樱桃。然后那个女人就说："你只要两种水果吗？"这时妈妈说："是啊！两种水果给我这两个水果宝贝！"接着妈妈就咯咯地大笑起来，让大家听起来很不舒服。当妈妈终于停止了大笑时，她又说："对不起，我是情不自禁啊。"她这么一说，我们又感觉很不舒服。

当女服务员问我要什么时，我决定和马修要同样的，因为他点的东西非常有趣。

妈妈点了一杯荷兰巧克力酸奶冰淇淋，并问那巧克力是否真的是从尼德兰❷运来的。女服务员说她不知道，但是可以去查一下。妈妈却说，不用麻烦了，她就要荷兰巧克力了，因为那东西"太颓废堕落了"。但是从妈妈问是否从尼德兰来

---

❶ 原文为"Thou doth protest too much"，Thou doth 为旧时说法，即 you do。

❷ 即荷兰，英美一般称 Holland。

的方式，以及她说“太颓废堕落了”的音调，我能看出，她是在嘲笑天使冰王不紧跟时尚，但是柜台后面的女孩儿并没有听懂妈妈的幽默，反而发自内心地说：“这是我们的一款经典口味啊。”妈妈说：“噢，听起来真是经典口味啊。”

当女服务员问妈妈是否要辅料时，妈妈说：“唉，从哪儿说起呢？你们侍酒师觉得巧克力棒碎末怎么样？”但是那位女服务员没有意识到妈妈在嘲笑天使冰王，就说：“巧克力棒碎末真的很受欢迎。”妈妈说：“噢，那是当然了。”说完又咯咯笑了起来。

这时，我和马修悄悄地对视了一眼，因为我们认为，两个人在谈话时，其中之一在嘲笑对方，而另一个人却在认真对待，这可真够奇怪的。这同时也让我很可怜天使冰王的那位女服务员，因为她不知道她正在被妈妈嘲笑，与知道自己被嘲笑的人相比，她就更加可怜了，因为知道自己被嘲笑的人至少可以还击。

吃了几口高山黑莓酸奶冰淇淋之后，我感到了一阵脑仁儿疼，而且疼得很厉害。妈妈说，没有什么脑仁儿疼之类的说法，叫我别抱怨了，马修却告诉我放松，把舌头顶住上颚舔一舔试试。他用舌头舔上颚展示给我看，然后把我的头往后扳了一下，让我张嘴。但是，当我仰着头张开嘴之后，妈妈却像发了疯似的说：“我的天！你俩要亲热到屋里去！”

妈妈吃了几口上面有许多巧克力棒碎末的酸奶冰淇淋，但是我能看出来她并不喜欢吃，其实我大概预料到了，因为她点单时几乎全是怀着一种嘲笑之心。最初，我很同情妈妈吃这种自己不喜欢吃的东西，但是随后我又意识到，妈妈也可以选择我和马修点的口味啊，因为我们两人点的口味既好吃又好看。相反，她却故意要刻薄，结果选了难吃的东西。

从某个方面说，马修很像天使冰王。几个星期之前，他刚把自己的名字从马特改成了马修，他就开始称我是他最好的朋友。最初我觉得很是奇怪，因为我并没有把他当作我最好的朋友。我喜欢托德和卡拉的程度和我喜欢马修一样。但是，马修越是管我叫他最好的朋友，我就越感觉像是他最好的朋友，而且我越是喜欢他，我喜欢托德和卡拉就越少些。所以我想，马修就像天使冰王一样，因为他们都说自己是某个领域里最好的，不等别人同意还是不同意。我知道，这话听起来很像马修和天使冰王要有什么关系，但其实是因为我喜欢一起想同时发生的事情。

妈妈正好是马修和天使冰王的反面。她从来不说她是个好母亲。事实上，每当谈起自己做母亲时，她都说这样的借口："天知道，我又不会获得年度母亲奖"，或者，"上帝知道，我也犯过错误。"但是天使冰王说他们是全国最好的酸奶，马修说他是我最好的朋友，所以我想在某种程度上，这迫使他们更加努力来成为最好。但是妈妈却从来不说她是最好的母亲，所以这样她也许就没有任何压力那么做了。也许总想着失去年度母亲奖或者犯更多的错误，才是她的压力。

我所知道的就是，我真的很喜欢上面浇有蓝莓和樱桃的高山黑莓酸奶冰淇淋，我真的很喜欢马修。而妈妈则是总发脾气，又和爸爸离了婚，而且不喜欢上面浇有巧克力棒碎末的荷兰巧克力酸奶冰淇淋，尽管有那么多别的选择，她却仍然选择了那个。

我知道我更渴望像马修和天使冰王那样，因为当你说你在什么事情上做得好时，这会让你更加努力去做得更好，而当你说你做不好什么事情时，这会让你更加努力去做得更糟糕。所以，我给天使冰王打 1954 星，满分 2000 星。

罗伯特·弗罗斯特
小学食堂

今天学校发生了一件怪事，老师们为这事儿都感到很骄傲，可学生们却认为很愚蠢。我旗帜并不鲜明，但是觉得应该介于这两者之间。

我们学校被选入“健康午餐,健康选择”这样一个新项目。在该项目中，名厨们给我们学校食堂做午餐，食物既应该营养健康，又应该美味可口。我知道这两个目标听起来像是对立面，但是学校在努力说，这两个目标可以是同一件事情。

午餐之前，校长召开了全校大会，并在会上向我们祝贺，这显得很怪,因为我们什么也没有做,我们只不过来这所被“健康午餐，健康选择”项目选中的学校上学罢了。在校长旁边站着一位笑容可掬的大厨，现场还有拍照的摄影记者。不管记者们从哪个角度拍摄，大厨好像都很配合地面朝他们。

校长说，我们参加了一场食品革命，我们很有幸请来这位名厨亲自给我们做第一顿新午餐。可我们并不觉得幸运，因为没有人在意这位大厨，或者校长，或者吃午餐。我们吃午餐只是因为它在日程表上。

正常情况下，学校在星期五的中午提供诸如意大利面和肉丸子，或者炸鱼柳，或者比萨饼。但是那东西我从来不吃，因为尽管他们做的食品不同，但通常都是同样奇怪的口感，而且将这些食品放在托盘上的服务员是一个戴着发网的凶巴巴的女人，她的样子非常吓人，而且她还张着嘴嚼口香糖。

我每天都吃同样的东西：一块巧克力—碎巧克力松糕，

就是说，这块松糕是巧克力味的，上面还有巧克力碎末。我知道一块松糕听起来不够吃，可不是正常规格的松糕。它们真的很大，而且真的很松软，只是顶部有个脆边，非常好吃，可以像口香糖那样嚼，也可以吞咽进肚。

至于喝的东西，我总是来一瓶斯纳普果味饮料，实际上是柠檬斯纳普，但是柠檬是基本口味，所以我只说来瓶斯纳普，他们就给我柠檬斯纳普。我每天吃的喝的都是同样的东西，因为知道这些东西天天存在于那里，让我感觉不那么紧张。

有时，如果妈妈因为对生活决策的恐惧而睡不着觉，就整晚上不睡觉，给我装一份午餐，以此来分散注意力，忘掉那些可怕的想法。

但是妈妈装的午餐实际上根本不能吃。有一次，她给我装了一条多汁水果口香糖、一盒牙签，还有一张纸条，告诉我放学之后在学校多待一会儿，因为有一位绅士朋友要过来。今天，她给我装了黄油，一盒干通心粉和奶酪，以及一盒火柴。我想她只是夜间清空一下冰箱，把她不想要的东西拿出来，放进垃圾袋里准备扔掉，或是装进我的午餐袋里。

话说回来，今天那位名厨所做的午餐有些与众不同，我之所以把它们写下来是为了记住这些食品的名字。这些食品我从前真的没有见过，也不想再见，因为它们令我恶心。

第一道食品叫烤甜菜根芝麻菜沙拉。这道菜很像沙拉，却没有生菜和西红柿，反而有苦苦的菜叶子，这当即就让我们都想呕吐在桌子上，而甜菜根是那种深红色的球状物，有点儿像带血的粪便，而且我发现，最近我拉的屎真的和那东西一样。

第二道菜叫莳萝水煮三文鱼。三文鱼的味道就像你在嚼一张纸一样，莳萝尝起来犹如割草机割草的碎末塞进了我牙齿的感觉。

而甜食也根本不像甜食。是一种叫作糖水水果的东西，其实就是果酱的同义词，又热又稀，很像芝麻菜与甜菜根沙拉加一块儿的呕吐物。

当我们吃恶心的沙拉时，大厨和摄影师来到了我们的餐桌前。他用手臂搂住我们，冲着摄影师微笑，还一连串地说些傻话："当心糖尿病！来一勺糖水水果吧！"或者"我想我看见了一条三文鱼正在逆流而上，给我们送来了奥米伽 3 脂肪酸❶！下一站，开发大脑！"他甚至没有意识到我们憎恶他做的食品，而且在某种程度上，我们也憎恶他，憎恶他毁了我们的一天，也许还永远地毁了我们的午餐。

即便他们做的新食品真的好吃（实际上并不好吃），学校也不该让我们立刻来吃的。他们应该一点儿一点儿地让我们适应，比如，如果真的需要，他们可以在比萨饼上面放一点儿莳萝碎末。他们认为努力让我们变得更加健康是在做好事儿，这我理解，但是给人的印象却是，他们只是沉醉于请来了那位大厨，而忘了考虑我们想要吃什么了。

这就像仅凭大人们认为这是个好主意，我们也会认为那是个好主意一样。但是小孩子们的想法和大人们是不一样的。大人们花了那么多年的时间去思考，想法和别人越来越趋同，因为你与别人生活的时间越久，你自己独特的想法就越少，与别人的想法就越像。但孩子们是新人，所以，我们的想法仍然是更加正常一些。正因为如此，我给罗伯特·弗罗斯特小学和"健康午餐，健康选择"项目打 256 星，满分 2000 星。

---

❶ 有益于人体健康的不饱和脂肪酸，海洋鱼类是其主要食物来源。

有机斋
与圣热纳洛街头集市

昨晚，妈妈和我去了两处非常有趣的地方吃东西：一家有机饭店和一处街头集市。尽管这两个地方有着天壤之别，可是，每一处地方都让我以一种新的方式想到另一处，所以我就把这两个地方放在一起来写。

我们去的第一个地方叫作有机斋，是一家有机食品的素食斋，感觉就像去医生那里吃饭一样。在饭店外面，有机斋牌子下面写着“帮助地球生长”，这句话听起来不通，因为地球现在已经停止了生长，这个知识我很早以前就学过了，我已经九岁了。

在有机斋饭店里，服务员给你拿来菜单时，同时也递给你一本叫作《有机圣经》的小册子。我猜那是根据真正的《圣经》，一部关于耶稣基督和上帝的故事书而取的名字。《有机圣经》页数不多，当妈妈装作看这个小册子时，我倒是真的看了。

《有机圣经》读起来有些吹牛，里面说的尽是些关于有机斋有多么了不起的话，比如：“在有机斋，我们把所有有机食材都制成混合肥料，拂去在地球母亲美丽的皮肤上留下的轻轻脚印。”我想，也许回收循环是个好主意，但是说什么“地球母亲美丽的皮肤”之类的话，显得很是愚蠢，好像这小册子是由一个怪异的孩子写成的。

尽管这里的食物都是些令人厌恶的生蔬菜，可是妈妈却假装她很喜欢这些食物，装作她平时就吃这些食物，因为当男服务员过来询问我们吃得怎样时，妈妈莞尔一笑地说："是的，我很喜欢这种调料。这是什么啊？"服务员回答说："是芦荟。"妈妈马上说："我想也是的！我们在家里一般也吃这个。"服务员又说："很好啊，这东西疏通消化道，还有暖胃的功能。"但是我能看出，妈妈不懂他说的话，因为她说："啊，最近我看了些关于癌症的材料。"服务员只是点了点头，因为对妈妈说的话，谁也不知道如何做出反应。

当服务员问我们要不要甜食时，妈妈撒谎说："好啊，让我看看菜单。"服务员说，店里没有甜食菜单，不过"今晚的甜食是苹果"。一听这话，我和妈妈都笑了。妈妈说："只有苹果吗？"服务员解释说，店里的苹果可不一般，是从国家另一端运输过来的。他似乎对他们的苹果很是自豪，我因自己笑了他们而感到自责，但是妈妈并没有感到自责，仍然在笑他，最后说："我们买单吧。"我想，我对人产生自责感比妈妈要快，我和妈妈之间的这一不同我已经注意到了。

我们离开有机斋之后，妈妈说的第一句话就是："谁给我弄一个汉堡来！"但是我不知道她在和谁说话，而且我这个年龄也不能单独去买吃的。

当我们往停车场走时，我们经过了圣热纳洛街头集市。妈妈说，这是"意大利人每年在街上举行一次的聚会，散会后全城都得给他们清理垃圾"。不过食物闻起来好香啊，尤其是我们刚从有机斋出来。有机斋里的味道就像刚刚清洗过的卫生间一样。我问妈妈，我们是否可以从街上的食品摊上买些吃的，妈妈说，这里所有的食物都非常恶心。我说，有机斋那里的食物也非常恶心啊，这一点妈妈同意，但又说，至少有机斋那里的食物不会要我们的命，而圣热纳洛的食品则不好说。

我要妈妈给我买炸面饼圈，就是那种上面撒了糖粉的油炸面团。炸面饼圈这种食品吃的时候非常好吃，但是吃完会感觉恶心。我想，正是因为这个原因，圣热纳洛街头集市每年才举行一次。

妈妈说不给我买炸面饼圈，但又说 ："我们的报酬是奶油甜馅儿煎饼卷。"我问妈妈为什么说是"报酬"呢，妈妈就说："摄入了芦荟之后，我应得一扇牛肉和一块生日蛋糕。"好奇怪哦，妈妈认为吃自己不喜欢的东西如同做了一件艰苦的工作一样。

在我们寻找奶油甜馅儿煎饼卷的路上，我们路过了四个卖这种食品的摊位，每个摊位上写的牌子都不一样 ：

第一个奶油甜馅儿煎饼卷的摊位上这样写道 ："全城最好的奶油甜馅儿煎饼卷。"

第二个奶油甜馅儿煎饼卷的摊位上写的是 ："最古老的奶油甜馅儿煎饼卷食谱。"

第三个奶油甜馅儿煎饼卷的摊位上竟然这样写道 ："天下最好的奶油甜馅儿煎饼卷！！！"

第四个奶油甜馅儿煎饼卷的摊位上却没有任何牌子。只在玻璃窗里展示着奶油甜馅儿煎饼卷，其样子和所有其他摊位上的一模一样。

妈妈轻声严肃地对我说 ："好吧，先生。我们选哪个？"听起来这像是一场重要考试。我说，我认为它们大概都一样，选择哪个都无所谓，但是妈妈说，我们必须要选最好的。

因为没有办法知道哪个奶油甜馅儿煎饼卷最好，我们只能根据牌子上写的东西来确认哪个最好。我绞尽脑汁地想来想去。最开始我想，每个牌子或许能够吸引不同种类人的眼球，根据他们所选择的奶油甜馅儿煎饼卷可对这些人略知一二。比如，真心喜欢纽约的人会走到那个牌子上写着"全城最好的奶油甜馅儿煎饼卷”的摊位前买，而老年人或者大厨就会走到牌子上写着“最古老的奶油甜馅儿煎饼卷食谱”的摊位前买。

但是我决定去那个没有牌子的摊位前买，因为我是这样想的，这个摊位不挂任何牌子，说明不想向我证明任何东西，我最喜欢他们。而且，从某个方面来说，我不喜欢有机斋的原因也和我不喜欢这些牌子的原因一样：他们越是告诉我他们有多么了不起，告诉我他们是如何在帮助地球，我就越是不想相信他们。

我说：“我想从那个没有牌子的摊位买奶油甜馅儿煎饼卷。”但是妈妈却径直走到那个“天下最好的奶油甜馅儿煎饼卷！！！”摊位前，买了两个。我问妈妈为什么选择“天下最好的奶油甜馅儿煎饼卷！！！”呢，她说：“这是天下最好的奶油甜馅儿煎饼卷啊！就是说，再没有比它更好的了。全天下啊！想想吧！”

我确实想了想。我想妈妈做错了。仅凭谁说什么并不意味着那就是真的。我想，谁越是说什么，说的东西就越有可能不是真的。所以，我给有机斋打 147 星，给圣热纳洛街头集市“天下最好的奶油甜馅儿煎饼卷！！！”打 162 星，满分都是 2000 星。

与纯素食者
一起过感恩节

昨晚，妈妈和我去了一个纯素食者家过感恩节，那就像去寺院过圣诞节一样。妈妈说，纯素食者是“一群不吃肉、不吃奶酪也不剃须的人”，因为妈妈不喜欢做饭，她决定我们需要去邻居家里过感恩节。

感恩节是我小时候最喜欢过的节日，因为妈妈、爸爸和我会开车去爸爸父母家里，爸爸和我会到爷爷家后院的大山上滚山坡玩儿，奶奶和妈妈则在屋里做饭。

但是爸爸离开妈妈去爱另一个女人之后，妈妈就告诉我再不许和爸爸的父母说话。我认为这不公平，因为他们是我的爷爷奶奶，我们自有我们的关系。

我喜欢感恩节的另一个原因是有好吃的。奶奶会做一只非常大的肉汁丰富且填料满满的火鸡，而且大家都大惊小怪地热切地看爷爷切火鸡，好像他的这门特殊技艺我们永远也学不会。

但是我们纯素食的邻居不吃火鸡或者肉汁，而且红薯上面也不放棉花糖，因为他们说棉花糖是用马蹄子制作的，这我可不知道，也希望他们说的是谎话。

纯素食的邻居不仅不吃火鸡，而且还将带有镜框的两只火鸡的图片放在了感恩节餐桌上，图片下面是两只火鸡的名字：“梅布尔”和“托德”。看到火鸡的图片让人感觉很是奇怪，因为没有人真的会给火鸡照相，让人感觉更加奇怪的是，火鸡竟然有名字，因为没有人真的会给火鸡起名字，尤其还是“托德”这样的名字，它听起来很像一个管老师要更多作业的男生的名字。

所有的食品都贴上了小火鸡形状的标签。我认真地记下了这些名字，为的是在以后的感恩节上回避它们。主菜是香薄荷土豆馅儿小扁豆蘑菇面包和枫糖浆酿豆腐，配菜是无麸质(！)菠菜烤小土豆和香草杏鲍菇红薯泥(还是没有棉花糖)。

看着这些食品奇怪的名字，我突然很想爸爸，而且觉得妈妈或许也在想爸爸，尽管她总是说恨他。我认为，即便你憎恨什么人，在过节时也很容易想他们。

在我们可以吃饭之前，我们必须要挨个说我们要感激什么的话。在爷爷奶奶家，我们也要说这些话，但那更像是开玩笑。场面总是滑稽并带有嘲讽的意味，比如爷爷会说："我要感恩的是，奶奶没有像去年那样把火鸡烤煳了。"而奶奶会对爷爷说："我要感恩的是，你的牙掉了，现在只能吃红薯了。"

但是纯素食的邻居却说了些非常严肃的话，比如什么"家庭"和"团结友爱"之类的话，这时，妈妈就会冲我翻翻眼珠，我也冲她翻翻眼珠，这让我感觉很好。我很喜欢妈妈冲我翻眼珠，因为这就像我们之间藏有一种不宣的秘密。

邻居家的纯素食妈妈说，她要感恩她的"良心受到了启迪"，重要的是，"在这个黑暗的节日里，我们要铭记诸如托德和梅布尔这样的火鸡。"她说，火鸡是一种"喜欢音乐和舞蹈的漂亮而聪明的生命"。这话有些奇怪，而且很可能并不属实。可是接下来，她又描述了火鸡是如何被宰杀的，这让我真心感到内疚而且恶心。她说，火鸡在被宰杀之前，都被塞进连转身都不能的小笼子里，而且为了不让火鸡相互攻击，还用滚烫的刀片把它们的喙和爪都割掉，然后用开水活煮它们来煺掉羽毛。我在想象我也被关进了小小的笼子里，既不能转身，又被割掉了脚趾，然后被开水煮。换位思考这种做法叫作“同情心”。妈妈说我的同情心泛滥。

我觉得邻居家的纯素食妈妈向一伙准备吃豆腐的人描述火鸡是如何被宰杀的，真奇怪。这感觉有点儿像她在向我出售我已经穿在身上的衬衫。

我并不是完全认为纯素食的人们很古怪。从某种程度上说，吃禽类则更古怪些。我们都会认为，到野外去猎杀一只鸟，把它的脑袋揪掉，然后在其体内加上油炸面包丁和芹菜，放入烤箱烤熟，这种做法令人作呕，但是出于某种原因，我们却认为去超市买回一只火鸡煮熟，这很正常。我猜关于吃火鸡这事儿我的观点很伪善，我真的不知道该怎么想这事儿。

我想，动物们这么残忍地被宰杀，这真令人伤心。但是，我从前能和爷爷奶奶一起过感恩节，而现在因为爸爸爱上了另一个人，妈妈就不允许我和爷爷奶奶说话了，这同样很令人伤心。我觉得世界上有很多令人伤心的事情，有时候你与你爱的人一起吃火鸡会让你快乐，如果火鸡知道它的肉起到了这种作用，那么也许火鸡也会快乐的。很可能不快乐，但是也许吧。

如果火鸡真的喜欢音乐和舞蹈，也许它也想知道我和爸爸在爷爷家的后山上滚坡玩儿，然后吃它的肉。很可能不想知道，但是也许吧。也许有些东西我现在还很难理解。很可能不那么难理解，但是也许吧。所以，我给纯素食邻居家的感恩节打 1000 星，满分 2000 星。

马修家

昨天晚上我在马修家吃的晚饭。妈妈说，马修的家是一个“破裂的家庭”，因为马修的父母离婚了。我问妈妈，因为她和爸爸也离婚了，我们是否也生活在一个破裂的家庭呢？妈妈说：“不是。”我问她这有什么区别，她说：“我们还有钱，而那个女人只有愤怒和不孕症。”

我认为妈妈不喜欢马修的妈妈。她总称她为“鼻子整形失败的荡妇”，但是我就称呼她为葆拉，因为有一次当我称呼她“费希尔小姐”时，她说：“你就叫我葆拉吧。”

我认为妈妈也不喜欢马修。她总是开这样的古怪玩笑：“几年之后，你们俩终究会以诚相待，不辜负对方的。”我觉得妈妈这么说我们俩很是古怪，因为马修和我几乎一直都在以诚相待，一直撒谎的只有妈妈。事实上，每当我们要见到她的某个朋友之前，妈妈都会让我记住一连串的谎话，比如：“卡罗尔认为我有个哥哥在克利夫兰的医院工作”，或者“丹尼斯不知道我离了婚，她认为爸爸死了，就这么随她去吧。”

妈妈说马修和葆拉没有钱，这倒是对的。他们住的甚至不是一栋真正独立的房子；而是一处和其他古怪的建筑连接在一起的又小又古怪的房子。马修称这房子为“连栋住宅”，但是妈妈却说是“贫民区”。当我问妈妈贫民区是什么时，她让我去问每星期四来我们家的女保洁员艾丝美拉达。

他们甚至连车子都没有。妈妈说，葆拉靠给人做些“手工活”来换取“同情搭车”去上班的机会。我问妈妈是什么“手工活”时，妈妈让我去问艾丝美拉达。

开饭之前，葆拉说：“小伙子们，一定要把爪子洗干净了！”马修就像狮子那样吼了一声，他们两人就都哈哈笑了起来。我想问他们在说什么，但是我没好意思问。

尽管妈妈说这只是一顿“中档餐”，但是葆拉做的这顿晚饭真的很棒。所谓“中档餐”并非十分高档的食品，但是也并不便宜。妈妈说我们不该吃“中档餐”。我和妈妈吃饭，要么吃一顿高档的大餐，比如去一家高级饭店什么的，要么吃一顿非常廉价的饭，比如妈妈从食品储藏室里给我拿出一罐豆子，再从手提包里拿出一块薄荷糖作为甜食。妈妈说，吃几顿廉价饭可以让我们有更多的机会去吃高档大餐，而“中档餐”则完全是一种浪费。

但是葆拉做的饭却是“中档餐”，而且真的很棒。她做的沙拉是那种正宗的沙拉，可是却放进了一些橘子片儿和越橘片儿等有趣的水果。沙拉真的很好吃。葆拉说，这一碗沙拉足以给我们提供一天所需要的果蔬营养。听起来这真是一个好主意，同时也让我想到，通常情况下我所吃的果蔬量并不够，我甚至没有意识到我该很好地注意每天的营养摄入量。

葆拉做的主菜是乳蛋饼，很像那种派饼。上面撒有菠菜、鸡蛋和奶酪，味道好极了，我又要了好几次，可是妈妈却告诉我别养成这样的习惯。乳蛋饼的底部很柔软且非常好吃，入口即化。蛋饼的四周像曲奇饼那样酥脆，奶酪和菠菜也一起融在了松软的鸡蛋中。我知道我这么说很是古怪，但是与人们真正该喜欢的派相比，我确实更喜欢葆拉做的这种乳蛋饼。

当我告诉葆拉我是多么喜欢她做的乳蛋饼时，她用一种怪怪的听起来很像海盗的声音说：“哎呀，小伙子，你真会恭维少妇啊！”

我不知道她在说什么，所以我只说："不用担心。我不认为你是少妇。"

接着，马修和葆拉就怪怪地相互看了一眼，笑了起来（我想他们是在笑我）。

几分钟之后，马修把汽水溅到了桌子上一点儿，葆拉又用她那海盗般的声音说："哎呀！现在得关你的禁闭了，伙计！"

接着，马修也用海盗般的声音说："啊！当我最饥饿的时候却要关我的禁闭！"

接着，葆拉又用另一种海盗的声音说："你最好用餐巾纸把这地方的汽水给我擦干净了！"

接着，马修也用海盗般的声音说了些什么，然后他们两个人都用海盗的声音又说又笑。

我想也许我也该用海盗的声音说话，但是我从来没有练过那种声音，也许学得不像。我说不准他们是在笑话海盗的声音呢，还是在笑他们说的台词。而且我还担心，如果我只模仿声音，却没有说对海盗的台词，他们会以为我很愚蠢。

而最古怪的地方却是，马修是我最好的朋友，可是我以前却从来没有听他模仿过海盗的声音。有时候在学校，他装作是南方来的贵妇，那样子滑稽得要命。他用手掌在脸前扇来扇去，犹如那是一把老式的扇子。他边扇边说："我的那位情人看到我没有化妆的样子了，但愿他没有被我吓着啊！现在我简直头昏眼花了！"真是太滑稽了。

但是每次马修和葆拉用海盗腔调说话时，我都感觉自己像"第三个车轮子"。这个词我是最近从妈妈那儿学来的。爸爸离开妈妈之后，妈妈就不想和自己已婚的朋友们出去吃饭了，因为她说，那让她感觉自己像"第三个车轮子"。当我问她这是什么意思时，她告诉我，第三个车轮子就是一个“没有人爱的人”。我能看出来，妈妈对自己是第三个车轮子感觉真的很伤心，所以第二天早上，趁妈妈还没有起床时，我就到车库里，把我的小三轮车推到了妈妈的卧室里。我写了一张字条：“你是第三个车轮子，但是我爱你。”我把字条放在了三轮车的座椅上。妈妈醒来时，把我叫到了屋子里，她哭泣着拥抱我，说我“太贴心了！”但是我必须“赶紧把车子推出去，这车子所到之处，一路尘土。”

妈妈总是这样对我。她先是对我说好话，然后立刻就冲我喊叫。比如，她不会只说：“你太贴心了。”她必须要说：“你太贴心了，但是你赶紧把车子给我推出去。”尽管她冲我喊叫会伤害我的感情，但我也欣然接受，因为这是我和妈妈之间所拥有的一个模式，这是我们的模式。我觉得这和他们的海盗腔调有些相似。我想，每一种亲情关系都有一种模式，也许这个模式要比模式里面的内容更加重要。就像海盗腔调要比海盗台词更加重要一样。

我琢磨着，即使有些人像妈妈这样性情糟糕，但是如果你非常了解他们，他们对你仍然具有特殊意义。比如说葆拉真的十分正常，也不冲我喊叫也不骂我，但是她却不是我的妈妈。有时候，十分了解某些人要比喜欢他们更加重要。正因为如此，我给马修家打 219 星，满分 2000 星。

I MUST SAY: 谢谢你的肉 .

BY JESSE EISENBERG

吃鲷鱼
让我打嗝

BREAM GIVES ME HICCUPS

JESSE EISENBERG

发德德鲁克餐馆
和一个不靠谱的新朋友

昨天，马修和我去了发德德鲁克餐馆。这个名字听起来有点儿像是骂人话，但实际上却是一个销售令人恶心的汉堡的地方，而且汉堡还得你自己亲手去做。

我们要见一位马修在网上认识的叫作莱尔的人。莱尔告诉马修三点钟在发德德鲁克见他，但是马修坚持我们要早几分钟到那里，"这仅仅是出于礼貌。"莱尔还告诉我们要单独来，不要带父母。这对我来说没问题，因为妈妈一直在鼓励我经历一些"不包括她在内"的事情。但是马修得向他妈妈说谎，说我们放学后得留在学校做一个科学项目。

放学时间一到，马修就抓住我的手臂，一起溜出了后门，穿过了公交车，开始朝发德德鲁克的方向走。一路上，马修不停地给我讲他新朋友莱尔的事情。他们两人都是"连环 17 乐队"的粉丝，所以他们在网上认识了。"连环 17"其实只有四位只唱歌不演奏乐器的少年，都算不上一支真正的乐队。妈妈教过我，像那样的乐队不应该被称作乐队，因为"他们存在的目的就是为了加快胖妞和恋童癖的心率"。

不管怎么说，莱尔是"连环 17 乐队"粉丝俱乐部的主席，当他看到马修发了一张他在一场音乐会上的个人照片之后，就开始给马修发送电子邮件。马修不住地说莱尔"非常滑稽"和"非常成熟"，而且知道"连环 17 乐队"所有歌曲的歌词。我想说："那很容易。他们唱的所有歌曲听起来都一样。"但是我不想伤害马修的感情，所以我只说了句："酷。"

马修从没有见过莱尔，我很高兴他带我参加他们的第一次会面，但是也感到了某种恼火，因为马修似乎很喜欢他。我知道这么说很可能显得有些古怪，但是马修越是谈论莱尔，我就越是开始憎恨莱尔。

我知道马修为什么这么喜欢他。在网上喜欢某个人很容易。而当你面对面地认识某个人时，你则不可能回避他们的任何古怪的东西。比如马修把指关节弄得咯咯作响就挺招人烦的。如果莱尔知道马修总是弄响指关节，也许他就不会喜欢他了，但是他的这个烦人习惯我却知道，而且仍然喜欢他，这就说明我们的友谊是真的。

我们于三点整来到了发德德鲁克。我能看出马修因为我走路慢而对我有些恼火，因为他说："你这身体显得有些差劲啊。"我们朝四周看了看，没有发现单独坐着的少年，所以马修和我就在靠窗的一张桌子旁坐下来等莱尔。我能看出马修有些紧张，于是我就问他："要不我去做几个汉堡？"因为在发德德鲁克饭店，汉堡得自己来做。但是马修却似乎瞪了我一眼，并用刻薄的声音说："那莱尔会怎么看我们？"

我正在想莱尔会如何看我们，这时我们就听到了警笛声。我向窗外望去，看到四辆警车吱嘎停在了停车场上。马修赶紧把头钻到桌子底下，说："我妈妈发现我不在学校了！"

但是之后我就看到了警察为什么来这里：他们正将一个男子头朝下地摁在地上，给他扣上手铐。在现实生活中看到一个人被警察逮捕，很是奇怪啊。通常在电视上看到的被警察逮捕的人都是边挣扎边冲着警察怒吼，但是这个人却静静地躺在地上。这几乎就像他在等待被警察逮捕一样。

马修开始弄响自己的指关节。出于某种原因，这倒让我安静了下来。

但这时，最古怪的事情发生了。那个男子戴着手铐站了起来，把头转向了我和马修，透过窗子看到了我们，并冲我们露出了微笑。这让我们毛骨悚然。那家伙真是太吓人了！他穿着松松垮垮的运动长衣长裤，身上还有弄湿的痕迹，好像这身衣服他已经穿了很久，或者边看电视边吃便餐把衣服弄脏。

我轻声对马修说："这里我们别再来了。"马修也小声对我说："真等不及把这事儿告诉莱尔！"

那个人被警察带走之后，马修和我就开始边制作汉堡边等莱尔，可是莱尔却根本没有露面。实际上我有一种如释重负感，但是我并不想让马修难过，所以我就说："他很有可能正忙于'连环 17 乐队'的事宜呢。"

马修就说："是啊，他是主席。我告诉过你吧？"

而我想说的是："是啊！你都告诉我一万遍了！"但是我却说了句："酷。"

马修看了看表，说："如果十五分钟之内他还不来，我们就可以走了。"于是马修和我就等着，但是我有一种感觉，莱尔不会出现了。

实际上，就这样和马修坐在一起真不错。我意识到，我们有一阵子没有这样做了，这让我觉得，即使马修喜欢莱尔，也不重要了。即便在网上你和某某人是最好的朋友，你也不可能这么安静地和他们坐在一起。有时候，当马修和我安静地坐在一起时，我最喜欢他。马修可以弄响他的指关节，尽管这种声音让我感到恶心，可是也让我感到我是真实的。

正因为如此，我给发德德鲁克饭店打 1062 星，给莱尔打 97 星，满分都是 2000 星。

水煮小龙虾
和爸爸的新家庭

上个星期，我去了一趟爸爸在路易斯安那州新奥尔良的新家。爸爸说，这座城市证明了“穷人比富人更幸福”。我在那里的每一天，吃的午餐都完全一样：水煮小龙虾。

所谓的水煮小龙虾就是：将很多看似虾和蜘蛛杂交出来的古怪生物放进一大锅滚烫的水中，里面还有大蒜、玉米和土豆。然后把煮熟了的小龙虾取出来，揪掉虾头和虾尾，只吃其身体中间的那部分。就是说，要花很长的时间来吃很难嚼的一小块肉。

我想，从某种程度上说，水煮小龙虾很像爸爸在新奥尔良的新生活：他工作得非常辛苦，而得到的报酬却是微乎其微。

发生在爸爸身上的故事是这样的：

爸爸离开了我和妈妈之后，就搬到了新奥尔良去“发现自己”。当时我不知道这是什么意思，但是妈妈说，他去那里就是为了寻找一个“要偷走他钱财的更性感、更愚蠢的女人，而作为回报，那女人会给他一种假象，让他认为自己仍然还有魅力”。

但是爸爸的新女友伊慈并不愚蠢，而且绝对不比妈妈漂亮：她留着男人那样的短发，牙齿长得很怪，而且穿着男式衣服，比如肮脏的靴子和破洞牛仔裤。她还经营一家大型的建筑公司，是给那些在飓风中丢了家园的穷人们盖房子的企业。爸爸来到新奥尔良时，开始以志愿者的身份给伊慈的公司盖房子，然后就爱上了伊慈。这似乎不是一件很容易的事情，因为她的头发、牙齿和衣服都那么不中看，但是我琢磨，爱她比爱妈妈更容易些，因为妈妈总是冲着爸爸喊叫。现在，伊慈和爸爸共同经营这家公司，并共同照顾着伊慈的儿子埃德加。埃德加五岁了，不是什么好人。

而且，伊慈绝对不是因为爸爸的钱才喜欢上他的，因为他们的生活方式就像无家可归的人那样，如果说无家可归者可以有房子住，但仍然可以被叫作无家可归者的话。他们住的房子又难看又小又破烂，后院杂草丛生，盆栽都在破盆破罐里。我觉得他们的工作是重建别人的家园，可他们自己却过着这样的生活，真有趣。他们似乎是在惩罚自己没在飓风肆虐中丢掉自己的房子。

看到新生活里的爸爸也让我感到很怪。他比我印象中的样子要老些也要年轻些。他蓄了胡须，脸色黝黑而且布满了皱纹，但他又显得镇定，身体里似乎蕴藏着更多的能量。我还觉得从前根本没看他笑，这真是一种奇怪的感觉，因为这是一张熟悉的脸，却有着陌生的表情。而且，当他拥抱我时，我也感觉有点儿怪，就像一个陌生人在拥抱我一样。他抱我抱得很紧而且时间很长，但并不是本意如此的那种，而是好像为他去年没有来看我或者拥抱过我一次而在做出补偿。我试图拍他后背，因为我觉得这样做可以结束我们的拥抱，但是他开始拍起我后背。就这样，我们紧紧地相互拥抱并且相互拍着后背，但是我拍他后背的目的是为了结束拥抱，而爸爸拍我后背的目的是为了继续拥抱下去。

爸爸说，伊慈正在外面给一家穷人盖房子，她会及时赶回来吃午饭。午饭是在后院吃水煮小龙虾(没想到,没想到！)。这时，伊慈的儿子埃德加像刚从笼子中放出来的狗一样跑过屋子。他五岁了,却表现得小得多,而且很脏,不和人眼神接触,鼻子底下总是挂着一串干鼻涕，有时候还伸出舌头往上够着舔那串鼻涕。看他这样很令我恶心。

我想我或许该嫉妒埃德加，因为爸爸现在正在照顾他而不是我，可是当我看到爸爸和埃德加在一起的时候，我却为埃德加感到伤心。爸爸似乎在装作埃德加根本不存在。他就这样让他在屋子里横冲直撞，碰这儿碰那儿，而且甚至没把他介绍给我。这时我开始想起从前爸爸也是这样对待我的，我却从来没有注意到，因为他是我的爸爸，我对此已经习惯了。我想，当事情不是发生在你自己身上时，你能更容易地看到别人的行为特点。

当伊慈回家时，爸爸想抱一抱她，但是她说："看我脏兮兮的。"就直接走进卫生间了。我们听到水打开的声音时，爸爸转向我，有些尴尬地笑笑说："那就是伊慈。"

三顿水煮小龙虾午餐完全是同样的经历：伊慈和爸爸谈论他们给穷人盖房子的事情，感慨这场飓风给人们带来的惨剧，与此同时，埃德加在我们周围乱跑乱撞，手里拿着死的小龙虾，搞得它们像怪兽似的要袭击我们。爸爸和伊慈对埃德加不理不管，也许正是这个原因，埃德加才没有社交的技巧吧，但是他们对我也同样不理不睬，这使我感觉被冷落在了一边儿。

爸爸从不问我关于我自己或者学校的事情，当然也绝口不问关于妈妈的任何事情。他唯一和我说的一句话就是"这你能相信吗？"说完这句话之后，他都是感慨飓风所带来的惨剧，比如说有多少人溺水身亡了，政府为什么因为种族主义偏见而不喜欢黑人了，等等。

我觉得这很奇怪，因为爸爸不问我关于我自己的事情，我的一部分自己想生他的气，但是又为生他的气而感到内疚，因为他不理睬我，是在谈论一些伤心的事情。我琢磨着他给穷人们修盖房子是在做一件好事，但是让我感到怪怪的是，他对新奥尔良的陌生人们是那么同情，可是对是他儿子的我却没有任何的同情。

这时我又开始想起了妈妈。妈妈有点儿像爸爸的对立面。她每天都在做着自私的事情，根本不帮助任何穷人。我们在街上碰到一位流浪汉时，她就会捂住鼻子，好像闻到那些人身上的气味就会得病似的。甚至她对我也不是那么好，但是她对我的态度至少让我感觉我存在着。

我琢磨着，假如我是新奥尔良的一个流浪汉，就会喜欢爸爸比喜欢妈妈更多些。但我只是郊区的一个小孩子，而这也不是我的错。

正因为如此，我给水煮小龙虾、爸爸、伊慈和埃德加打213星，满分2000星。

自然历史博物馆

昨天，我们班参观了自然历史博物馆。在这个地方，我们本应该学习历史知识，但实际上就是看了恐龙的骨骼并吃了午餐。而且，非常奇怪的是，看到恐龙的骨骼真的很令人伤心，因为不仅*这些*恐龙已经死了，而且*所有*恐龙都死了。这有点儿像是参观一座墓地，但是死者并没有被埋在地下，反而在地面上被固定在了一起，那样子像是正在努力地复活。

但是，小学生们非但没有为这些恐龙感到伤心，或者像在葬礼上一样安安静静，反而在开着玩笑并且做出各种愚蠢的动作。尽管这些恐龙非常吓人，而且假如它们活着的话，很有可能会把我吃了，但是我却开始可怜起它们来。

在博物馆工作的女讲解员给我们解释，当时一共有三种恐龙：有些是食肉类的，就是说，这些恐龙吃其他的恐龙；有些是食草类的，就是说，这些恐龙很善良，不互相咬吃；有些恐龙是杂食类的，也就是说，这些恐龙什么都吃。我们班上的一个学生比利就是杂食类的，因为如果有人叫板，他什么都敢吃。上个星期，他吃了整整一包口香糖，连包装纸都吃了，然后就呕吐不止，以至于错过了体育课。

恐龙相互之间也非常凶狠。它们会用嘴、牙齿和爪子来相互攻击。霸王龙是其中最凶狠的一种。它的样子最凶狠，名字听起来也最凶狠，吃所有其他类的恐龙。最温和的恐龙是迷惑龙，因为它的体形特别庞大，头部却非常小，而且不吃任何其他的恐龙。我想，身为一只迷惑龙当时一定很可怕，因为它只想对别的恐龙温和友好，但由于恐龙的身份，顶着很大压力，得凶狠。

孩子们都想在恐龙的骨骼前面拍照，他们边说笑边做出愚蠢的表情，好像他们在模仿恐龙。我开始想象这些恐龙复活了，看着这些孩子们在自己的遗骨前做着这些愚蠢的动作，就突然替这些恐龙感到了愤怒。我问博物馆的讲解员我是否可以去卫生间，她说可以的，并告诉我回来后到博物馆的餐厅和大家会合。通常情况下，我们去卫生间都应该带一个伙伴，但是我真的感觉我没什么伙伴，所以，我就自己去了卫生间，并在隔间里面一直待到午餐时间。

在博物馆的餐厅里，大家都得到了恐龙形状的炸鸡肉块。鸡肉块倒是和普通的鸡肉块一样，不过却是制成了恐龙的形状。我想我们吃恐龙形状的炸鸡块很是奇怪，因为恐龙都已经死了，就如同我们吃它们滑稽形状的身体来嘲笑它们一样。因此我就吃了一块花生酱和果酱三明治，可这时比利却过来管我叫基佬，就是同性恋。我也想管他叫基佬，因为他在吃恐龙的身体，但是我并不想说“基佬”这个词，因为听起来不那么厚道，所以我就低头看我的三明治，感觉有些没了胃口。我想，假如比利是只恐龙的话，他就是霸王龙，我就是迷惑龙，我不想伤害他，但是也不想被他所伤害，因为迷惑龙要比霸王龙体形大许多。

在坐车回家的路上，大家都在互相发送自己站在恐龙前做出各种滑稽动作的照片。马克·施瓦茨拍摄的照片是他紧挨着照相机，将手指伸出来，好像是在抠一只剑龙的鼻子。麦迪逊·格林伍德装作在与一只三觭龙的腿跳舞。甚至马修都拍了照片——他在一只翼指龙下面来了个劈腿动作，并像一只鸟一样伸出了双臂。我觉得这很奇怪，因为马修平常的行为是很不错的。有时候他做坏事是为了与人关系融洽，但是我想这很可能是因为他还不完全知道他想当哪种恐龙。

大家都在笑他们所拍摄的照片，我却开始感觉有些孤独，好像我没有融入这伙人之中一样，又像大家都在笑一个玩笑而我却没有听到。我又想到，也许我应该吃那种恐龙形状的炸鸡块，也应该在一只恐龙前面拍一张做出某种愚蠢动作的照片。也许我会感觉不舒服几分钟，但是却意味着，我和我的朋友们融合在一起了。也许我上卫生间该有个伙伴。也许那样，我就根本不用躲在卫生间的隔间里了。

而且我琢磨，这也很像恐龙必须要做的事情。它们很可能并非总想那么凶狠，它们也很可能根本不想吃掉对方，但是我猜，如果想融入一个团队，有时候不得不做出些妥协。我想，从这方面看，我们与恐龙的区别也不是那么大。尽管我们因为穿着衣服且能讲英语就认为自己更好、更聪明，也许我们都在努力地融入一个集体，即便这种融入意味着有时候必须要做些令我们自己不舒服的事情。正因为如此，我给自然历史博物馆打 1109 星，满分 2000 星。

静修堂与妈妈

周末，妈妈领我去了一座静修堂。所谓静修堂就是焦虑的人们变富了之后所去的地方。按照要求我们要逗留整个周末，但是结果，第一个晚上我们就偷偷地溜了出来。这听起来不是什么好事儿，但却是妈妈和我有生以来所做过的最有趣的事情。

我们刚到静修堂，我就知道我们很可能不会在那里度过整个周末。大门口贴着这样的告示："摒弃你的虚荣，放弃你的财产，重新学习如何生活。"我知道妈妈这三件事情都不会想做。整个这个星期我们都在疯狂购物，主要就是给妈妈买性感的瑜伽训练服到静修堂来穿，她是绝不会摒弃或者放弃这些东西的。

我甚至不知道妈妈为什么要去什么静修堂。她一直都在说她就是需要一些"自己的时间"，这似乎是在需要一种很奇怪的东西，但是让我感觉更奇怪的是，妈妈每天都在花着"自己的时间"，因为她没有工作，而且每天晚上都要喝酒才能睡觉。

但是妈妈露出了假笑，这已成为她唯一的笑容，她抓起旅行包说："结束时叫醒我。"

这个静修堂拥有好几处建筑，都是些围着一个巨大的水池子而建的老式木屋。正门是一个登记处。妈妈和我进门时，看到柜台后面站着一个留脏辫的白人女性。我能看出妈妈在掩饰对这个女人的憎恶感，尤其是这个女人说了如下的话："向您致敬！欢迎通往内心和谐的第一步。我们的精神缔造者沙吉难陀尊者曾说过：‘真理就一个，路径则许多。’尽管如此，我们仍连续两年被《健康杂志》评为北方湖区最好的静修堂。欢迎！向您致敬了！”

我能立即感觉到，妈妈想立即就从这个鬼地方逃跑，因为她很快意识到，这是某种形式的监狱，但是她再次露出了假笑，说：“向您致敬了，谢谢你。我们办手续。”

那位留脏辫的白人女性继续给我们讲我们在静修堂必须要遵守的规则，所有那些规则听起来都是妈妈憎恶的。每天早上我们必须在5：45起床去参加一个“冥想会”，要与静修堂其他的客人一起参加。妈妈问她是否可以只派我去参会，在会上做记录，然后回来向她报告，但是那个女人说这个会是人人必须参加的。妈妈讨厌的词汇之一就是“必须”一词。

那个女人还说，我们不许使用手机，还必须将我们所有的“物质财产”都放进一个“信任储物柜”里，其实那就是个小的格子储物柜。妈妈说，“信任储物柜”这个名字有点儿像“幸福地结婚了”，是个矛盾修辞法。然后妈妈就假笑了起来，那个女人和我互相看了看，等着妈妈停住笑声。

妈妈问那个女人：“如果有人把我们放在‘信任储物柜’里的东西偷走了怎么办？”那个女人说：“那你就少了一件东西的烦恼。”妈妈点点头说：“那我现在还是自己拿着吧。”那个留脏辫的白人女性就说：“很遗憾听到你仍为尘世所束缚。”

我们的房间离静修堂的后门很近，紧挨那个巨大的水池子。那个女人解释说，进这个水池子时“装束可以选择”。很显然，水池子里的所有人都选择了“裸体”。那些人坐在水池子的边缘，非常随意地相互交谈，似乎他们根本没有裸着，妈妈和我都能看到他们的私处。

看到这些男男女女们裸露着古怪的鸡鸡和松垂的乳房，

真令人厌恶。正常情况下，在我的房间外面看到人们裸着待在一个水池子里，我会感觉很滑稽，但是出于某种原因，看到他们这样我真的只感到了怪异，那感觉就像你撞上了某人上厕所一样。

妈妈和我终于来到了我们的房间并关上了门。妈妈十分紧张地盯着我，好像我们刚刚逃离了一场战火。我想告诉她我们应该离开这里，说这个地方既可怕又邪门儿，还想说如果她愿意，她可以在家里花“自己的时间”，并向她保证，如果她把我领回家，整个这个周末我都不会打扰她，也不跟她要什么。

但是妈妈又摆出了一副假笑，说：“再有一小时瑜伽就开始了。然后就是晚餐。”说完她就走进了卫生间，关上了门。

瑜伽在室外举行，紧挨着那个鸡鸡池子。大家都神情严肃地坐在了铺开的印度式垫子上。垫子被汗水浸得湿漉漉的，闻起来很像落水狗的味儿。而且我们还得把鞋子脱掉，这让我感觉很恶心。

妈妈穿着一条很紧的灰色紧身运动裤和一件粉红色的很短的露脐背心。我想，她以为自己穿着这么短的背心很性感，但是她肚子上的肥肉从腰带处给勒了出来，让她看上去比实际要胖。她的腰部其实没那么胖。

瑜伽老师是一名留着长胡子的男子，看上去像个流浪汉。他穿着橘黄色的裤子，戴着项链，没穿背心。他一开始先做了一番演讲，说我们今天都来到这里的目的就是静坐调息、专注内心，重新学习像婴儿那样爬动，听到这儿我笑出了声音，因为我在想象大家都像婴儿那样在汗水浸透的垫子上爬来爬去。接着，他又告诉我们得思考我们生命中的真实东西，忘掉我们的物质财富。他告诉我们要专注于我们生活中各种重要的关系，以及我们是如何与能量和其他人相互联系。

然后他就让我们弯腰，并且做出各种古怪的姿势，而且大家似乎都知道自己在做什么，连妈妈都知道。当大家都闭着眼睛做着弯腰动作时，我站起身来向四周看了看，突然意识到我是整个这一群人当中唯一的小孩儿。

这时我想到，也许妈妈并不真想让我来这里；其他人都没有带自己的孩子来。也许妈妈带我来的原因是因为在他们离婚的条款上，爸爸同意支付妈妈和我一起做的任何活动的费用。也许正是这个原因，她才领我吃高级饭店、去度假并且来到这个静修堂。我尽量不去想这个问题，因为这么想没有任何好处，但是这个想法却挥之不去。流浪汉瑜伽老师想让我们专注我们生活中的关系，而我的主要关系就是妈妈，我开始担心，也许这关系甚至都不真实。

瑜伽课上完之后，我们都得去那座最大的木屋吃晚餐。人人都是汗流浃背，都有汗臭味，脚上也是汗，但是瑜伽课结束了我很高兴，而且我真的很饿。

不过，在吃晚餐的自始至终，我的脑子里仍然在转动着那个古怪的想法，也许妈妈领我去这儿去那儿的目的就是让爸爸给她买单。我不停地努力驱逐这个想法，但是不知什么原因，坏的想法总是比好的想法逗留的时间更久些。

吃的东西也令人恶心。全都是素菜，通常这我并不介意，但这是那种很难吃的素菜，所有的菜都放了许多调料，目的就是让你忘记这不是肉。

叉子是用胡萝卜做成的叉子形状，吃完饭之后我们还必须将叉子也吃掉，这样就没有任何的浪费。碗是用海藻做的，那味道感觉就像你不小心喝了一口肮脏的海水一样。鱼儿也许喜欢吃海藻，因为在水里可吃的选择很有限，但是人类则有更好的其他选择，比如华夫饼和葡萄。但是坏的想法让我十分分神，我都没能真正关注食品到底有多么令人恶心。

晚餐后，妈妈和我回到了房间，但是我们没有谈论太多。我想，我们两个人都有点儿想家，而且我也不想向妈妈絮叨我的恐惧心理。我想，这一事实也许是真的，这很令我不安。即便她对我说了谎，告诉我因为她爱我，才走到哪儿都带上我，我也很可能知道她在说谎。妈妈无时不在说谎。这通常很容易看出来，因为她做得很过分。

当我们回到房间时，妈妈说："这一天过得很棒，嗯？"这是谎话。我几乎想哭出来了，因为我想她至少该说："瑜伽很古怪。印度垫子有汗臭味儿。鸡鸡水池子令人厌恶。晚餐的食品很恶心。"我想让她至少说哪怕一件真实的东西，但是出于某种原因，她需要说谎。而我却想说："不是的！这一天很糟糕。我讨厌这里。"但是出于某种原因，我觉得我必须也要撒谎。我不知道为什么。我想我的感觉是，如果我说出了事实，我会立即哭起来。所以我只说了："是的，我喜欢这里。"

之后整个一晚上我们什么话也没有说，就各自睡觉了。我很难入睡，因为我脑袋里的坏东西总是缠着我不走。如果说你有什么担心的事情，那么夜晚真的很可怕。白天有各种各样的东西可以吸引你的注意力，比如说人和阳光，但是如果夜晚你有担心的事情，那感觉就像那是全世界唯一的事情了。

我一直担心的是，也许我的整个一生都是假的。比如说，妈妈是我的主要关系，那么，如果这个关系是假的，我还有什么是真的呢？我和马修是朋友，但有时候我也感觉那是假的。再比如，我喜欢爸爸，但是他变成了假的并且离开了我。有时候我担心，我唯一拥有的真的东西就是我自己，这想法非常可怕。

后来我一定是睡着了，因为我记得的下一件事情确实非常古怪：一阵震耳的铃声响起，我睁眼一看，妈妈早已醒来，正站在我的床前。她的头发由于兴奋出汗而湿漉漉的，两眼因惊慌而发直。她说："现在是 5:45。我们或是去参加那个早会，然后一整天都做瑜伽并且吃胡萝卜叉子，或是现在就逃走。你来定。"

我根本不用说什么。我只点点头，真的解脱了！妈妈露出了微笑，她也解脱了。然后我们就把我们所有的东西都塞进了旅行包里，冲出了屋子。

我们绕过那个鸡鸡池子，跑过那些汗臭的垫子，跑过"信任储物柜"，最后跑到停车场。我们跳进车里，妈妈正在启动引擎，这时，那个留脏辫的白人女子从登记处追了出来，冲我们喊道："'冥想会'你们要赶不上了！"

妈妈摇下车窗，冲她喊道："相信我，我不想参加那个会了！"

然后那个女人说："很遗憾看到你们精神上没有做好准备，来度过整个周末。"

然后妈妈说："你他妈的滚开！"就迅速开车离开了停车场。

尽管妈妈说了句骂人话，我却开始大笑了起来。我平时并不是这样的，因为通常妈妈说骂人话时，我的感觉是我有个姐姐，而不是有个妈妈。但是出于某种原因，我就是笑个不停。也许这是因为天太早了，也许离开这个静修堂让我非常高兴，但是我终于笑得腮帮子疼了。

在我们驱车回家的路上，太阳升起来了。我扭头看着妈妈，这似乎是爸爸离开之后她第一次开心的样子。她打开车窗，让风把她湿漉漉的头发吹向后面，从前她是从来不这样做的，因为她不喜欢新鲜空气。

我又开始笑了起来，因为我突然想到，在很久以前，妈妈像我一样，也曾是个孩子。我从来没有意识到，在我之前，妈妈也有她自己的生活，也许她孩童时代很快乐，也许她也伤心，但是她很可能没有想过，有一天，她会这么生气。

妈妈问我："你在笑什么？"

我说了实话："我想到了你也是孩子的时候。"

妈妈也露出了微笑。我几乎没有意识到她的微笑，因为这是个真的微笑。这个微笑让她看上去与以往不同：她的眼睛眯着，双颊有点儿鼓。即使她这时比她摆出假笑时显得老些，但是却要好看得多。

这时她说："我当年真的很漂亮呢。"

尽管她在微笑，眼睛里却含着热泪。

这时，尽管我也在微笑，眼睛里也含着热泪。

我想问妈妈，她带我出来到处走，是否为了让爸爸给她买单，可这时我已经知道了答案：妈妈走到哪儿都带着我，那是因为她需要我。

因为，与另外一个人搭伴儿共同度过一段艰难的生活，要比单独过着舒适的生活好得多。

正因为如此，我给静修堂打 27 星，给妈妈打 1892 星，满分 2000 星。

二

家人

我的小妹妹发短信告诉我她的问题

我妹妹：嗨，起来了吗？

我：才早上四点钟啊。

我妹妹：是啊。

我：你没事儿吧？

我妹妹：有事儿！

我：怎么了？

我妹妹：迈卡特别讨厌。

我：他伤到你了吗？

我妹妹：什么？没有。他就是令人讨厌。

我：噢。那这事儿我们上午谈行吗？

我妹妹：你能不能别再攻击我？

我：我没有攻击你啊。到底发生了什么？

我妹妹：因为星期三我们没有任何派对活动，所以都要待在家里，他请来了贾雷德，那家伙吸大麻，而且还很自私，整个晚上他们俩都在开着愚蠢的玩笑，我感觉自己完全不存在了。

我：你想让我和他谈谈吗？

我妹妹：和谁？

我：迈卡。

我妹妹：什么？不能谈！为什么要谈？

我：告诉他对你好点儿之类的。

我妹妹：你说什么？？

我：我不知道。他和你在一起吗？

我妹妹：在。他在睡觉。睡得很香！

我：这么说，你们俩之间没有问题？

我妹妹：当然没有！别说了！

我：好吧。我得再睡一会儿。

我妹妹：好吧！

我：晚安，亲爱的。

我妹妹：我爱你！给我打电话啊！我想你了！

我妹妹：嗨，起来了吗？

我：现在起来了。

我妹妹：给妈妈生日买什么东西了吗？

我：生日的东西？

我妹妹：比如礼物什么的？

我：噢。是的。我买了。

我妹妹：什么？为什么！？

我：因为是她的生日啊。我们上午谈这事儿行吗？

我妹妹：不行！爸爸太讨厌了。他说什么"你妈妈不会再有第二个六十岁了。你以为她想记住这是她没有得到任何礼物的生日吗？"

我：那你为什么不给她买点儿什么礼物呢？

我妹妹：因为我一直在忙着呢？！你现在可不可以不攻击我啊？

我：我没有攻击你啊。

我妹妹：你给她买的什么？

我：我给她买了一个小长颈鹿雕像。就是她喜欢的从纽霍普古玩店买来的那种。

我妹妹：你可以说是我们两个人买的吗？

我：可以啊，你想我们两人均摊吗？

我妹妹：哦，那多少钱呢？

我：大约 200 吧。

[没有回应]

我：好吧，我说这是我们两个人买的。

我妹妹：谢啦。有空儿给我打电话啊！感觉我们根本没有机会说话！

我妹妹：嗨，起来了吗？

我：没有。

我妹妹：出现重大危机了！

我：危机？什么危机？

我妹妹：四个小时之后要交一份 25 页长的论文！！！那个教授真是太讨厌了。

我：你需要帮助吗？

我妹妹：你知道喀麦隆分裂主义分子的事情吗？

我：不知道。

我妹妹：那算了。

我：我可以接着睡觉吗？

我妹妹：不能！我在心烦意乱呢！

我：为什么？

我妹妹：他们想在南方建立自己的政府，这倒没什么不好的，但是喀麦隆的忠于政府派却不想让他们建立，因为那将包括蕴藏丰富石油的巴卡西半岛！太不公平了！

我：嗯，嗯。

我妹妹：忠于政府派已经承认那地方不属于他们！这就像是说，亚巴佐尼亚地区你们也不许碰！！！

我：好吧。我真的很困。

我妹妹：这完全是国内的新殖民主义！这就像是在说，喂！给他们正当的政治主权，除非你还想重新惹上卢旺达事件！！！

我：很对。只不过，我明天要处理件大事呢。

我妹妹：好，好吧！你睡觉吧。

我：谢啦。祝你写好论文。

我妹妹：别跟我摆出高人一等的架势。

我：我没有摆出高人一等的架势啊。

我：喂？

我妹妹：嗨，起来了吗？

我：好几天没有你的信儿了。

我妹妹：我知道。对不起啊。

我：没关系，实际上很好啊。我终于能够睡安稳觉了。（大声笑）

我妹妹：求你现在别和我开玩笑了，好不?!

我：噢，对不起。

我妹妹：没心情!

我：好吧，为什么?

我妹妹：我被喀麦隆忠于政府派挟持做了人质，刚把我扔进监狱。

我：什么？!

我妹妹：他们看到了我的论文。

我：你不是在开玩笑吧?

我妹妹：喀麦隆总理菲勒蒙·允吉·扬简直讨厌极了。他告诉我在我收回我写下的言论之前，我不许离开!知道吗，这很像言论自由。

我：噢，我的天!我给大使馆打电话吧?

我妹妹：别!他们可不是好惹的!还有，千万别告诉妈妈!她总是反应过激。记得我那时候吃素吧？？哎呀!

我：你有危险吗?

我妹妹：这就像，我想吃什么就能吃什么，妈妈!

我：好吧。你安全吗？？?

我妹妹：别再攻击我了!是的!我安全。我就是有点儿烦。

我：好吧。等你回家我们再谈好吗?

我妹妹：好的，我被释放时，你能到肯尼迪机场接我吗?

我：没问题，告诉我具体航班号。

我妹妹：别开着车绕着航站楼转个没完。把车停在停车场里，然后进来接我 ;-)

我：好的。

我妹妹：谢啦。我爱你。有空儿给我打电话啊！

分离焦虑症
寄宿营

早上8点　小营员们的一天活动开始了。孩子们先是给妈妈打电话。那些尿了床的营员们可以有机会换一下衣服，或者，如果他们愿意，也可以继续穿着弄脏了的睡衣，因为自己暖烘烘的尿臊味儿可能让他们感觉更舒服些，还可以提醒他们想到自己的家。

早上9点　早餐在主餐厅进行，不过大部分小营员们都选择不吃早餐，早上第一件事情就是吃早餐这真的很难，因为这一天还没有开始呢，而且这个想法确实挺让人丢面子的。那些勇敢地选择吃早餐的小营员们将得到以他们名字的形状制成的薄饼，这些薄饼使他们想到家，还有可能引起消化不良。

上午10:30　游泳时间。小营员们在一个浅浅的儿童戏水池里游泳七分钟，每个小营员由两个救生员来看护。小营员们胳膊上、腿上和脖子上都套上了充好了气的游泳圈。游完泳之后，小营员们可以给自己的妈妈打电话报平安。

如果小营员发生了溺水，受培训的辅导员将会告知孩子的母亲。这时，他们也有机会给自己的母亲打电话。

中午　午餐时间。小营员们开始翻腾妈妈给准备的午餐包。营地鼓励小营员们先吃掉午餐才可以看妈妈给写的短信，这一要求有点儿难做到，因为总是想着那封短信令小营员们心神不安。

午餐之后，小营员们有一段自由阅读时间，也可以看妈妈写给自己的短信。如果某个小营员没有收到妈妈写的短信，某个辅导员就会伪造一封，骗他说这封短信忘在了存放营员午餐的冰箱里面。辅导员会认真地模仿小营员妈妈的笔迹，不过，笔迹完全相同那可保证不了。

下午2点—3点　小营员们有一段“自由时间”。在这一个小时的时间里，他们可以去探索营地，在附近的威努斯基湖上划独木舟，点篝火，或者给妈妈写明信片。在这个时间里也可以给妈妈打电话。

下午4点　自由时间结束之后，还可以给妈妈打电话。在这个时候，小营员们也可以请求和爸爸讲话，但这是完全可以选择的。爸爸很可能没有时间接电话，或者说，如果有时间的话，爸爸也很有可能谈论他自己和工作有多么累人，或者告诉小营员，说他的妹妹在另一个体育夏令营过得有多么好。如果在这个时间里小营员们和爸爸讲话了，他们还可以获得二十分钟的额外时间来跟妈妈汇报。电话亭处备有纸巾。

下午5:30　小营员们有各种选修活动可以参加，其中包括“展示给朋友看”活动，就是说，小营员从自己家里带来某件古物让其他小营员们看，可是其他小营员们可能对别人生活中的某件东西不太爱关注，因为这项活动要求小营员们对别人要有一定的兴趣关注度，但是在十分焦虑不安的时间段内，这些小营员们还不具备这个能力。

小营员们也可以选择“工艺美术”活动，他们可以画家里人的肖像。不知不觉中，妈妈的肖像都要比爸爸的肖像大得多，而爸爸的脸上，不知不觉中，也会画上一个叉子。

今年又增加了一项选修活动，叫作“悲叹课”，方法是让小营员们用一段时间来思考自己与母亲的关系，并悲叹离开家之后的生活多么无意义，以及离开家之后如影随形的那种恐惧感。在这堂课上，小营员们也可以提前思考未来大学生活的恐惧。

晚上7点　　晚餐在主餐厅进行。小营员们得到的鼓励是随意地吃饭，因为这一天几乎结束，他们离回家又近了一天。尽管可以自己选择，小营员们甚至可以短暂地开心一阵子，而且如果愿意，可以感到很短暂的轻松，因为此时比早餐时离回家又近了几个小时。

晚上9点　　熄灯。除非某个小营员想一晚上不睡觉并和妈妈通话。如果是这种情形，这个时间，或者任何时间，给妈妈打电话都是可以的。如果某个小营员选择睡觉然后做了个噩梦，营地也允许并鼓励他给妈妈打电话。如果某个小营员选择了睡觉但是早于其他营友们醒来，这个小营员就可以给妈妈打电话。如果某个小营员选择了睡觉并睡了整个一晚上而没有给妈妈打电话，一个辅导员就会陪他回家，他会因为疏远向妈妈道歉。

受训的辅导员是由小营员们的母亲们组成的。

我妈妈给我解释什么是芭蕾

你去哪儿了？还有五分钟就要开演了！我真不愿意把你的票留在售票处那里。你为什么不能像一个正常人那样，准时到场呢？你以为你能够早些赶到这里，因为你没有紧张的下班节奏，没有女朋友需要约会，也没有什么富有的社交圈，或者什么公共事业的责任。不管怎么说，你来了我就高兴。亲我一下。

你觉得那个引座员怎么样？她看上去挺漂亮，也许块头稍微大点儿，但是好看，是吧？脸蛋儿挺好看。你得找个像她那样的。你喜欢她吗？你和她说话了吗？还是就点了点头，漠不关心，像你对除了萨拉之外的所有其他女孩儿那样？话又说回来，她块头是有点儿大了。对你不合适。

好啦，开演了。你知道这场芭蕾舞的任何信息吗？125美元呢，你该知道你在看什么。编剧是瓦格纳，是个纳粹，但在希特勒之前。好了，把手机关掉吧。开演了。

你看，现在场上的情节是，她爱上了那三个男人。所以，那三个男人都手捧着玫瑰花。而且她在和他们三个人同时谈恋爱。就像你当时一路风尘仆仆开车到普罗维登斯去参加萨拉的毕业典礼，可她却说没有时间陪你。但是我相信她却能挤点儿时间去陪那个叫什么名字的谁。帕特里克吧？他们还在一起吗？他们俩倒是般配。她对你根本不合适。你奶奶的葬礼举行完之后，她竟然把杏仁蛋糕带到了家里。就好像家里死了一个人还不够似的，难道她想让我在我自己婆婆的葬礼上发生过敏性休克吗？我这不是在告诉你，你该和谁约会，这不关我的事儿，我尊重你的“恋爱成长过程”，但是那个女孩儿是个不知感恩的荡妇，她从来没有欣赏过你。

你为什么不能像台上的那个小伙子那样站着呢？看人家的姿势。你暂时先忘记他是黑人，只看他的身材。他的双肩往后背。他有自信。你呢，还没等你张嘴，你就像要跟人家道歉似的。你在屋子里走动，没有人注意你。他在台上走动，我们都在看。你看看他，他就像是一幅行走的图画。我从来没有约会过黑人男子。你父亲上大学时太有魅力了。从某种意义上说，他令我窒息。我当年非常进步。

别打瞌睡。你一天都干什么了，现在这么累？你在出汗吗？你闻起来像是在出汗。

看她现在和谁跳舞呢。多么令人惊讶啊！[1]你看见了吗？当你笔挺地站直了，她就接受你的玫瑰花。其实就是你表现出自信心这么简单。假如你有自信，人们就会注意到你。从前在埃尔姆赫斯特有一个坐轮椅的孩子，但是他非常滑稽，他知道如何笑话他自己，所以从某个方面来说，我们都喜欢他。

她现在做的动作叫作“巴代莎”。这是个法语词，我们都知道你在法语课上的成绩，所以我干脆给你解密吧。这个词的意思就是“猫步”。

啊，快看！她摔倒了！哈！真笨！那个动作连我都可以做。“猫步。”我从前也跳舞，这我告诉过你吗？假如我没有生你妹妹，我有可能成功的。她把我的身材给毁了。从某种意义上说，她仍然在毁我。我都可以做的。这个动作看上去比实际上要难。

噢，他又上台了！你看他啊！他简直就是美少年阿多尼斯！你看他是不是在裤子里塞了什么东西让裤子鼓起来了？

---

[1] 原文为法语。

谁的那个东西也不会那么大吧，是不是？你父亲是我唯一好过的男人。你能相信吗？从某种意义上说，这就是高贵，可在上天堂前我可不希望没什么乐趣。

你能不能老实地看一小会儿？你动来动去的，让我心烦意乱。我理解你很不耐烦。我也不耐烦过。当你优哉游哉地从我肚子里降生之前，我整整不耐烦了三十六个小时！那对我来说可不是什么好玩儿的。我感觉就像要拉出来一个西瓜。假如我当时知道你脑袋有那么大，我该进行剖腹产了。事后诸葛亮了，是吧？

好吧，现在的事情是，我说话太多了，我们要被赶出去了。我原来认为挺漂亮的那位引座员——你好啊，亲爱的！——正领我们走出来。这可以理解，自从开演以来，我一直没有停下来数叨你，这影响了别的观众。近看她还真可爱。脖子上的肉有点儿松垂，但是很可爱。把她的号码弄来。

听我说，我不能开车送你回家了，你得坐火车。现在隧道里的交通简直就是噩梦。

我们下周见。争取准时到啊。我们买的是季票，这主意真不错。亲我一下。爱你，亲爱的。

我与我第一任女友的电子邮件交流，而该交流在某个时间节点上被我姐姐接手，姐姐在大学研究波斯尼亚种族大屠杀

我：嗨，埃米……刚和妈妈从超市买吃的回来。她每个通道前都转悠个没完……觉得我当时要死了……这就是我讨厌夏天的原因。

埃米：(大笑) 也正是这个原因，我再也不和我妈妈逛商场了。我猜你正在这个学习过程中……

我：在芭蕾舞夏令营的“第一天”过得怎么样啊？

埃米：我的第一天过得“很好”❶，谢谢你问我。我想你来着。我一直在想，你在这里一直和我跳舞该有多好！

我：我也希望我在那儿啊……真等不及要你回到新泽西了呢……我敢说你穿上那件小衣服一定很性感。那叫什么来着？

埃米：你是说芭蕾舞裙吧？？我确实看上去性感呢！

我：太酷了！但是你总是那么性感……

埃米：;–)

我：我真是把整个草坪都割了一遍……不仅是后院，还有前院，就是长着妈妈喜欢的那些讨厌的树的地方，你知道吧？我得在这些树的周围割出来“8”字形的图案，因为妈妈喜欢割草机割出那样的图案。真无聊死了！我累死了……

埃米：嗨，听我说。今天的芭蕾排练棒极了。他们让我在“夏季末”的演出担纲领舞！也就是说，我必须要学很多复杂的独舞动作，实际上并非那么好玩儿，但我觉得也是件好事儿，你

❶ 原文为法语。

说对吧？

我：简直太酷了！！！等演出时你会绝美的！我真等不及要看你演出了……但是很显然我得等，因为得到夏季末才演出呢。我琢磨着，正是因为这个原因，他们才把它叫作“夏季末”演出，是吧？？

埃米：(大笑）你太滑稽了！

我：你太漂亮了……

埃米：那么我想，我们会做一对漂亮的滑稽夫妻。

我：(大笑）

埃米：我真的喜欢你。

我：我也真的喜欢……

我：我是说，我也真的喜欢你！

我：哎哟……

埃米：你今天做什么了？

我：什么也没做……我大概就是睡觉了，可是很怪，因为正常情况下我是做不到那样睡觉的……所以我大约可能在 2：30 醒了，当时的感觉就像“嚯”，因为我以为那很可能还是早上呢……你呢？

埃米：今天我们进行了第一次彩排。我的服装太漂亮了，后面镶嵌有闪光的红色亮片，但是做起动作来一点儿不碍事。我要饰演的是某种鸟类，但却是一只跳芭蕾舞的鸟（谁知道？），我们见到了那个设计服装的男孩儿，我想他可能是巴西人。他应该是整个星球上最美丽的男子。他从前也是个舞者。别嫉妒。他很可能是同性恋，大家都这么认为。我还必须穿这条超短裙，我就对保罗（那个服装设计师）说，你可以彻底看到我的屁股了，他就非常认真地看着我，用他那美丽的口音说：“你必须要为你那美丽的臀部感到骄傲。”真希望他不是同性恋！开个玩笑！想你！

和保罗还有团里的其他人要去星期五餐厅过周日。（星期六去。很怪。这趟旅行差不多哪一天都包括了！）

我：那个裙子听起来太疯狂了！等我看演出时，你务必要展示你那“美丽的臀部”！今天过得真是令人兴奋（我自嘲地说……），我在爸爸的诊室里帮了大约十分钟的忙，就感觉像是彻底疯了，所以就趁他给一个患者看病时偷偷地溜了出来。不管怎么说吧，现在已经回家了。可能要看一部破电影什么的……真等不及开学了！（真不敢相信我刚才竟然说了这样的话！）

埃米：刚吃完晚餐回家。糖分太高了！可能一晚上也睡不着了！

我：怎么样？又是无聊的一天……真希望我能像熊那样冬眠，睡它整个夏天，醒来时就再次见到你！我在家要疯了！我父母也疯了……他们甚至不像正常的父母那样吵架，真烦人，他们就那么过着日子，简直太无聊了。但是……

好消息是（请来一通鼓声）：我姐姐肯德拉明天就从大学回家了！！她太酷了，真等不及了要让你俩见见面。也许我们可以一起聚一聚？她真是太太太聪明了，以前我所有的历史作业都是她给我做（别告诉马修斯小姐），而且她要获得的学位你根本想不到，叫什么波斯尼亚种族大屠杀什么的。真令人毛骨悚然！不说那个了，等不及要见她了……

埃米：很好啊。我也有好消息（也请来一通鼓声）：保罗根本不是同性恋！（大笑）真高兴我没有跟他们打赌。不说他了，排练进行得非常好。我训练得非常刻苦！每一分钟，我的身体都能做出一个疯狂的动作。但是我想我练得非常好，还真想过以后可能靠这个吃饭呢。我从前认为跳舞就是小孩子的某种梦想罢了，但是现在想想也许我真的很好呢，可以实现我的梦想。怪不怪！

我：是啊，是很怪……这就像我梦想在美国职业篮球队里差不多……（大笑）……但是很酷……

埃米：和你在职业篮球队里不一样。我是说，我真的是在跳舞，而且我还是领舞。如果你是在篮球训练营，又是最佳球员，而且身材够高，那感觉才像是在职业篮球队里。

我：我只是在说，你可能不会喜欢退学去专门练跳舞吧……我呢，我可是一名远距离投篮高手。去年我还在学校的预备队待过，真打了几场比赛，如果你是外围投手，身高不够也没问题，所以……

埃米：我才不退学呢！我正在探索我现在是什么样的人，而且我认为我真的是个很好的舞者。如果让你感到烦了，抱歉啊？

我：我没感到烦啊？什么？我只是说，现在考虑一个怪异领域里的职业可能有点儿早……抱歉，我也许有些务实了。我也高兴保罗不是同性恋。现在你们可以成为恋人了……不过坦诚地说，你可要小心那些可怕的巴西老男孩儿们！

埃米：保罗和我们同龄。

我：什么？

埃米：是的……

我：可他们竟然让他设计所有这些服装？

埃米：他是个神童。

我：邪门儿……

埃米：为什么邪门儿？

我：不知道……只是显得邪门儿。

埃米：我感觉你好像不支持我。

我：你看，这就好像你一个晚上就改变了你的整个一生，而又没有告诉我，让我给予支持这有点儿难……

埃米：我没意识到每次动动身上的肌肉就要告诉你。我没意识到，在夏天开始之前我们才约了两次，就已经如胶似漆了。对不起，我没有意识到这点！好了，我要开始排练了。今天你要做什么令人激动的事情呢？洗袜子吗？

我：我和姐姐在一起。她太棒了，我们可能要做些开心的事情，比如去海滨旅行，或者参加个聚会什么的……

埃米：好吧，祝你玩得开心。其实我也要参加一个聚会。保罗准备在他的房间里举行一个聚会。

我：也祝你玩得开心……

埃米：也许我会的！

我：你在犯贱。

埃米：我想我们应该停止谈话了。

我：好啊！那和我们现在的情形有什么不同吗？

埃米：终于说对了一点！

我：我告诉我姐姐你做的事情了。她准备给你写邮件。

埃米：那好啊！我又没做错什么事情，所以我不在乎。

肯德拉：亲爱的埃米，我是肯德拉。很高兴和你通邮件；-）我弟弟和我说了你们之间最近的邮件联系，我呢，也不想过多地问及你们之间的事情，但是我感觉我可以就你新的恋情一事，说明一下我弟弟的立场，也让我们对这种情形的理解更深一些。

埃米：你好，肯德拉。很高兴和你通邮件。;-）整个这件事让我感觉很沮丧。谢谢你努力帮助我们。

肯德拉：很高兴我能这样做。我想和你说一些当我是你这个年龄时曾希望有人和我说过的话。我想，这也许会有助于你领悟新恋情中更为复杂的方面。这种情形令我想起了一个叫作“卡拉多代沃协定”（Karađorđevo agreement）的历史小事件。我想，这也许对你比较生疏，所以我先给你简单介绍一下历史背景。

1991年，波斯尼亚、塞尔维亚和克罗地亚在准备打仗。由牙齿已经脱落的阿利雅 · 伊泽特贝戈维奇所领导的波斯尼亚是这场三国演义中最弱的国家，注定要被打败。尽管如此，在 1991 年 3 月 25 日，克罗地亚和塞尔维亚的领导人进行了单独会晤，讨论如何瓜分波斯尼亚。就是这样。在波斯尼亚人伤痛的背后，克罗地亚和塞尔维亚两国的国家元首决定了如何分割波斯尼亚。震惊吧？后来更糟糕。

塞尔维亚的元首是卑鄙的斯洛博丹 · 米洛舍维奇，这你很可能知道。克罗地亚的总统是相对不那么凶恶的弗拉尼奥·图季曼。在卡拉多代沃，这两个阴谋家秘密商定将如何践踏无助的伊泽特贝戈维奇和他的波斯尼亚穆斯林人，从而开始了一场种族清洗运动。根据过去这几个星期你和我弟弟的邮件交流来看，我想，这个“卡拉多代沃协定”比喻很适合我们的这种情形。让我解释一下这个类比，怕你万一不能马上懂。

很显然，我弟弟是波斯尼亚领导人阿利雅·伊泽特贝戈维奇，他深陷在黑暗之中，其命运却由别人在暗中交易来决定，这两个别人就是你和保罗。这两个人有什么罪行吗？不在场：伊泽特贝戈维奇被孤立在水深火热的萨拉热窝峡谷里。我弟弟在新泽西的郊区割草。

尽管我不把你比作米洛舍维奇（我之后再说他），但我确实认为你的行为让我想起了克罗地亚（软弱的）铁腕人物弗拉尼奥 · 图季曼。他实际上就是个傻瓜。他邪恶吗？历史将是最好的判官，但是我想说，他不一定邪恶。可是，毫无疑问，他绝非清白。图季曼很可能受着更强硬的米洛舍维奇的胁迫，也与之密谋，邪恶地策划瓜分波斯尼亚。不管你把他看作绥靖者还是屠夫，怎么说他也没有帮助可怜的波斯尼亚人，更没有阻止残酷的米洛舍维奇。

我为什么说你像图季曼呢？你与保罗这个人物越来越亲密的

幽会，读起来很像是被动犯罪。从星期五餐厅的圣代冰淇淋，到昨天晚上在“保罗的房间”举行的聚会，你每回都以一次“清白的”互动割掉波斯尼亚的一块领土。和图季曼一样，你所胁从的这个阴谋要比你可能知道的复杂得多，邪恶得多。我重申一遍，你并不邪恶。但是，我们可不能忘记埃利·威塞尔❶的名言：“保持沉默和漠不关心是最大的犯罪。”

现在，我们来说保罗，也就是我们的米洛舍维奇。你说保罗是个“天才”。这可能没错。米洛舍维奇也是个“天才”。当年的墨索里尼和希特勒也是“天才”。尽管你说保罗的天才在服装时尚界，我却认为他离米洛舍维奇要近得多。就是说，我认为他们两个人都是行家里手，不是在时尚界，而是在屠杀和偷盗界。

先不说保罗的性行为问题，他的意图再明显不过了。他对你“美丽的臀部”的评论无异于是在宣战。同样，米洛舍维奇也毫不掩饰他对波斯尼亚穆斯林人的邪恶企图。关于“卡拉多代沃协定”，他曾说：“这个解决方案给穆斯林人所提供的好处比他们梦想诉诸武力所得到的要多得多。”❷

简而言之，我不是在责备你，我也绝不是在称你为邪恶，但是我确实感觉我弟弟被压路机压倒了，你却静静地坐在副驾驶的位置上。

埃米：亲爱的肯德拉，我理解你是在帮助我们，而且你并不认为我是邪恶之人或者什么的，但是我完全不同意你的说法。鉴于我们都在“解释”我们自己，也让我解释一下我自己，好吗？首先，我看过一些关于“图季曼”的资料，我认为我根本不像这个人。如果说有人像谁的话，那也是你们像米洛舍维奇，你们远

❶ 诺贝尔和平奖得主。

❷ 约翰·F. 伯恩斯，"塞尔维亚的计划会否定穆斯林人建立任何国家"，《纽约时报》，1993 年 7 月 18 日。

远躲在新泽西的黑暗象牙塔里面搞阴谋诡计想毁掉我。我只是在这里专注舞蹈训练，这是我第一次感到快乐，感觉我也许能够做好一件事情，这绝不是什么罪行。如果说我像前南斯拉夫的某个共和国的话，那我也是斯洛文尼亚。我刚查阅了一下这个国家的现状，因为他们现在既想获得某种独立，又不想把事情搞砸了。我在芭蕾舞夏令营做的正是这样的事情，就是开开心，获得些自由时间，而又不把我和你弟弟之间的关系弄砸了。而你却像米洛舍维奇和南斯拉夫人民军那样，指使着南人民军袭击卢布尔雅那，好像我做的是什么坏事情。

至于说保罗，我这不是在为他辩护，他可没有米洛舍维奇那么坏！这不公平。他也许有些闷骚，但那是他民族文化的一部分。而且我们之间什么也没有发生。如果说他像谁的话，那他很像克罗地亚的前议长斯捷潘·梅西奇总统：没有害人之心。

肯德拉：没有害人之心？我简直笑得满地打滚啊，埃米！梅西奇是克罗地亚法西斯分裂主义组织乌斯塔沙的护法使者（！），又是一个已经腐败了的国家的极其腐败的领导人，他那场卑鄙的总统竞选运动是由阿尔巴尼亚黑社会资助的！也许你该少穿那条小鸟裙子跳芭蕾舞（希望善待动物组织不来看你的演出！），多学习一些关于中欧后苏联冲突地区的形势，这样你就会知道你在说什么了！

埃米：首先，我是素食主义者（与你那位圣洁的受害者弟弟不同），所以，别跟我谈什么善待动物组织。其次，梅西奇从来没有被证明在竞选运动中犯有罪行，所以别到处宣扬好像人家有罪了的谴责声音。❶

肯德拉：关于你那鸟裙子服饰我对你的评论比较离题，我向

---

❶ “法院：达尔科·彼得里契奇并未诽谤斯捷潘·梅西奇”，《自由的达尔马提亚日报》，2012 年 3 月 29 日。

你道歉。听起来其实挺好的（我喜欢服饰上镶有亮片！），我也赞赏你是个素食主义者，这种饮食我很支持，但是我个人还有待于努力去实现。

埃米：谢谢你关于我服饰的道歉（我也喜欢亮片！！！）至于说饮食，你可以试试奎奴亚藜片，少放些酱油，除非你只吃不含麸质的食品。

肯德拉：不，我不排斥含麸质的食品（再也不排斥了！）。我刚试了大概三个月。减了八磅体重！后来又反弹了。;-(

埃米：我也讨厌反弹！话说回来，关于保罗，是的，我和他花了些时间在一起，而且，是的，我认为他有魅力，但这并不是说我对你弟弟不忠，顺便说一下，假如我们转换一下角色，他也会像我这样做的。比如说，假如拉多万 · 卡拉季奇去了什科菲亚洛卡上学，雅泽 · 普奇尼克去了巴尼亚卢卡上学，我认为普奇尼克现在该不会在欧元区的会议上送给克里斯蒂娜 · 拉加德双颊吻的！对于你的道德绝对主义，斯拉沃热 · 齐泽克会说什么呢？

肯德拉：嗯。对于我不切实际地努力想要建成一个虚假的后马克思主义乌托邦，齐泽克很可能不会感兴趣。

埃米：还有一件事！如果你认为阿利雅 · 伊泽特贝戈维奇是个温和的替罪羊，也许你该读一读他 1970 年的宣言《伊斯兰宣言》，这个宣言我刚下载了 PDF 文档。里面有些神秘的段落和你弟弟发送给我的邮件很相似。伊泽特贝戈维奇号召必须结合《古兰经》的教义来实现波斯尼亚的现代化，而你弟弟则要求我同意和他去打保龄球（我讨厌打保龄球，而他也知道我讨厌这个游戏，因为我大拇指会受伤的！），我们放学后才能见面。

肯德拉：亲爱的埃米，你的观点富有洞察力，有理有据，做的研究很彻底。（我不知道保龄球那件事情。）鉴于你的这些想法都很清晰，我真的认为你和我弟弟之间的分手即将到来了，这和前南斯拉夫的情形不无类似。尽管我非常希望你们俩不劳燕分飞，但是，全世界都知道，没有了铁托，南斯拉夫永远不会稳定，而没有真正的理解，你和我弟弟可能就会形同陌路。为了预防再次发生斯雷布雷尼察那样的大屠杀事件，我认为，你们之间和平分手是最好的方法。

坦率地说，我最不愿意做的事情就是美国在克林顿执政期间所做的事情，这我们两人都知道，当时美国做得太少而且也太晚了。按照那个思路，我认为你和我弟弟应该在战事愈演愈烈之前就早早分手。我祝你在即将举行的演出中取得佳绩，我也会把我们的决定转告我弟弟。既然你们俩已经不在一起了，他很有可能就不去看你的演出了。

埃米：亲爱的肯德拉，谢谢你说了这些善解人意的话语，也谢谢你没有表现出我原来担心你会表现的那种要横的态度。我期待和你见面 ;–) 即使这意味着我们要背着你的兄弟们（第二轮卡拉多代沃协定？开个玩笑）。不过，为了避免情形不发展得更为激烈，我们的会面应该有个调停人在场，比如前国务卿理查德·霍尔布鲁克那样的人！（大笑！）

肯德拉：对！或者斯洛伐克的外交部部长米罗斯拉夫·莱恰克！这样就可以避免再出现一个维舍格勒了！

埃米：或者更糟糕，福恰！

肯德拉：你简直笑死我了！

埃米：;–) 祝你夏天愉快，肯德拉。

肯德拉：也祝你愉快！

我爸爸写给我的处方信息小册子

商标名：**安定文**（Ativan）

通用名：劳拉西泮（Lorazepam）

属性：抗焦虑／辅助睡眠

普通用法：如果不进行体力活动你很难入睡，该处方药由医生开出，可以辅助你睡眠。

副作用：可引起疲劳，不过基本不会影响你的时间安排。

万一服用过量：喝几盎司水，可以接水龙头喝，该类水也可以用来洗盘子。

◇◇◇◇◇◇◇◇◇◇◇◇◇◇◇◇◇◇◇◇◇◇◇

商标名：**阿德拉**（Adderall）

通用名：安非他命和右旋安非他命（Amphetamine and Dextroamphetamine）

属性：引起兴奋

普通用法：该处方药医生开得过多，因为医生为你多开这剂药，就可以从制药业获得好处。你知道在过去的四年中，有多少人在服用阿德拉吗？三千七百万啊！这比整个加拿大的人口还要多出两百万！而人家加拿大却禁止使用阿德拉！这并不偶然吧？在加拿大吸食大麻是合法的（我知道你吸过；你姐姐告诉过我，你和你的朋友彼得·贾沃斯基在他的学校麦吉尔就吸过），但阿德拉却是违法的！

副作用：可能会养成习惯。就跟做事情好拖延，喜欢穿少年服饰，不给你母亲邮寄生日卡成为习惯一样。

万一服用过量：这种药物服用多少都属过量。

◇◇◇◇◇◇◇◇◇◇◇◇◇◇◇◇◇◇◇◇◇◇

商标名：**左洛复**（Zoloft）

通用名：盐酸舍曲林（Sertraline）

属性：抗抑郁／选择性血清素再摄入抑制剂

普通用法：你的医生会给你开出这种处方药，因为你很可能告诉他我把闹表摔在了墙上，而闹表又碰巧反弹到了你的头部。我是往墙上摔！我那一天过得很糟糕；一个男人在自己家里扔东西也是允许的。闹表意外砸在了你的头上（这个事实我不否认），这我已经道歉了，但是你也该道歉，因为你老是赤裸裸地自我夸大、自我可怜地宣扬我当年虐待了你，而这个事实根本不存在。你不快乐？你说谁快乐呢？为什么这个国家人人都认为一粒药丸就能让他们快乐呢？中国现在培养的医生和工程师比美国还要多，这你知道吗？你又在做什么呢？你在写书！哇塞！谢谢你！儿子，谢谢你写一本关于纽约市会讲话的黑猩猩的“讽刺”大作！如果这部书能够像你声称的那样“有过人之处”和“有反身作用”，那它应该带我们走出这场经济衰退！好棒！还有中国和印度！一部关于会讲话的猴子的“后现代”大作！

副作用：这种药物可引起严重的勃起功能紊乱。我们倒不在意你混乱的性生活，但是你母亲希望在某个时候能抱上孙子，而且鉴于你姐姐现在是同性恋，你就是最后一个莫西干人了。

万一服用过量：站在坐便器旁，用手指抠嗓子。你别光往厨房跑，当着你母亲的面呕吐，好像“你跑到卫生间都来不及了”似的。谁都知道那只不过是博得同情的小伎俩。但是那不管用。那只能让她感到恶心。

◇◇◇◇◇◇◇◇◇◇◇◇◇◇◇◇◇◇◇◇◇◇

商标名：**好度**（Haldol）

通用名：氟哌啶醇（Haloperidol）

属性：抗精神病／抗精神分裂症（耶稣基督啊！）

普通用法：这种药难道是在大街上卖的？你是怎么弄到的？你告诉你的精神病医生你有幻听症了？好，你听我说：如果你想让我继续给你的眼镜蛇花钱，这样你也能付钱给这个精神病医生，你就得找到工作。你怎么能相信这样的医生呢？这家伙到底是他妈的谁啊？我告诉过你回到新泽西的家里来，别去西镇找什么精神病医生。你母亲和我就住在大学旁边。这儿的医生同样好，收费才一半儿。知道吗，那天霍华德医生问起了你，我顺嘴就告诉了他你在服用这种好度药。这令我感到尴尬。他的孩子中没有一个服用这种药和珍妮诵读困难症药物的。

副作用：当初我在虐待我的同性恋和精神分裂的孩子们时，很遗憾我没有让医生给我开这种浓烈的兴奋药物。也许我太忙了，忙着用闹表砸你的脑袋，而没有时间去任性地享受西镇350美元一分钟的自以为高人一等的精神安慰！然而我这样的人却发展得很糟糕，是不是？！我成为我公司最年轻的合股人！在利堡买下了一座六卧、三个半卫生间的大房子！和一个女人结婚生活了26年，而且三次一起乘嘉年华邮轮！是的，我真是个讨厌的家伙。

万一服用过量：别告诉你母亲。

我外甥有几个问题

我：我需要你把安全带系上，伙计。

我外甥：为什么？

我：我就系上了。

我外甥：为什么？

我：我关心你啊。

我外甥：为什么？

我：因为你是我姐姐的儿子。而我也关心她。

我外甥：为什么？

我：因为我就是关心她。

我外甥：为什么？

我：因为，我想，当我出生时，她已经三岁了，所以，和任何弟弟妹妹一样，我就把她当作了偶像。

我外甥：为什么？

我：可能是我把她理想化了，这很奇怪啊，因为你妈妈对我并不是很好。

我外甥：为什么？

我：在我出生之前，她是唯一的孩子，我这么一出现，什么东西她都得和我分了。

我外甥：为什么？

我：我们两个人都有需要，所以我想，我们的父母很难同时满足我们两个人。

我外甥：为什么？

我：因为需要太短暂了。我想应该是马斯洛说过这样的话："知道我们想要什么，那真是罕见而困难的心理成就。”

我外甥：为什么？

我：当他写书的时候，社会心理学正在顺应人道主义和自我实现的趋势。

我外甥：为什么？

我：因为在后弗洛伊德行为研究中出现了这种趋势，而在西方的心理学研究中，这种趋势却被严重忽略了。

我外甥：为什么？

我：因为这个世界还有很多东西没有理出头绪来。哦，不能说是全世界吧。东方已经用自己的方式找到了答案。

我外甥：为什么？

我：因为他们的社会更稳定些。

我外甥：为什么？

我：很可能是因为蒙古人吧。他们使用武力统一了众多的文化。

我外甥：为什么？

我：我琢磨着，他们认为扩大领土非常重要吧。

我外甥：为什么？

我：因为这是最一目了然的成就啊。现如今，我们重视货币积累。

我外甥：为什么？

我：因为这比侵略一个国家要容易些。但从某些方面看，这同样危险如果不是更危险。

我外甥：为什么？

我：因为陆地的面积终归有限。但是货币却迅猛扩张着。

我外甥：为什么？

我：部分原因是经济的自身规律，但也因为发展中国家与各经济组织——比如世界银行、国际货币基金组织——之间的关系不好。看看津巴布韦。

我外甥：为什么？

我：因为这是一个很好的例子，说明通货膨胀可以毁掉一个国家。人们推着几辆独轮车的现金去买一条面包。

我外甥：为什么？

我：因为那个国家有一个权力欲非常强的独裁者，他推行的土地改革政策失败了。

我外甥：为什么？

我：因为在那之前很久很久，那里都是白人的殖民地——那时叫作罗德西亚——好几代人的公民选举权利都被剥夺了。

我外甥：为什么？

我：因为大家都在争夺权力。（这可以追溯到我们刚才谈论的蒙古人。）

我外甥：为什么？

我：这就是人性。我想，从某方面说，我也是这种无法遏制的金钱欲的牺牲品。

我外甥：为什么？

我：哦，很容易把责任归咎于“制度”，比如资本主义，美国的先驱文化，乔姆斯基所称之为“经济法西斯主义”，但是很有可能这也怨我自己。

我外甥：为什么？

我：因为我曾经有过机会去选择不同的路，但是由于某种原因，我又不得已地追逐了这难以捉摸的金钱。知道吗，我原来曾想选择哲学专业来着。

我外甥：为什么？

我：现在看起来也确实过时了，但是我少年时代却非常喜欢伊曼努尔·康德。

我外甥：为什么？

我：以前从没有人问过我这个问题，小家伙。但是我想，我就是喜欢他把一切都变得那么简单明了。

我外甥：为什么？

我：因为康德给复杂的问题都提供了具体的答案，那很令人舒服。

我外甥：为什么？

我：因为我有千万个关于伦理道德方面的问题。

我外甥：为什么？

我：知道吗？有许多年了我没有谈这方面的事情，我十二岁时在少管所里面待过一段时间。

我外甥：为什么？

我：因为他们指控我半夜闯进学校把一间教室给点着了。

我外甥：为什么？

我：因为我父母报警说我那天夜里失踪了，而被人纵火烧的那间教室正是我的数学课教室。那天晚上正好是一场数学大考之后。所以，我似乎就是很显然的嫌疑犯。

我外甥：为什么？

我：因为所有的证据都指向了我。但是我根本没有去烧教室！

我外甥：为什么？

我：因为我不在乎我那个考试不及格！

我外甥：为什么？

我：因为不是那么回事儿，好像我数学考试不及格了，我就不能上一所好的大学了，就不能找个好工作了，我就得身无分文、饥寒交迫地死去了！

我外甥：为什么？

我：好吧。是我干的！是我把那间教室给烧了！

我外甥：为什么？

我：因为我吓坏了。我当时才十二岁啊！我犯了个错误！

我外甥：为什么？

我：因为我是人啊！我难免犯错啊！我只是想被人爱！

我外甥：为什么？

我：因为我们生活在这个疯狂的世界里，一切都得奋力去争取，我时时都有着一种恐惧感，如果我慢下来，我就会被这个世界甩到后面。世间万物都在飞快地运转，一切都是那么地无序、混乱、残酷，无时无刻不在威胁着我们，把我们彻底击垮，或是牵着我们的鼻子走。所以呢，我也要加速！我也加入了这场无情的竞争中！我知道这不健康，我知道这是错误的，但是我停不下来！正因为如此，我才放火烧了那间教室！所以我才把一切都归咎于蒙古人，归咎于世界银行，归咎于国际货币基金组织，归咎于罗伯特·穆加贝，归咎于塞西尔·罗德斯，归咎于伊曼努尔·康德，归咎于弗洛伊德，归咎于马斯洛和乔姆斯基，还有，归咎于你母亲！但是归根结底还在于我。就是我的责任，不怨任何其他人！正因为如此，我才让你系上安全带！我让你系上安全带，是因为我不相信我自己能够降低速度来避免事故。“安全带”只是我莽撞一生的一条柔弱的绷带！

我外甥：为什么？

我：因为我已经毁了。我在痛苦之中！我也不会好了。如果得不到真正的帮助，我就不会好了。所以，你能系上安全带吗？只是现在系上。

我外甥：好吧。

我：谢谢你，小伙伴。非常感谢。

三

历史

男人与舞蹈

美国原著居民女：你的人民快要饿死了！天一直不下雨啊！庄稼完蛋了！

美国原著居民男：雨神根本不理睬我的祈求。

女：那是因为你祈求雨神的方式不对。

男：我正要另外再宰杀一只羊来献祭，可是又怕你见到血光会紧张。

女：我们不需要再多死一只羊了，解决饥荒的唯一办法就是跳圣雨舞了。

男：唯一的办法？

女：是的，你必须来跳圣雨舞，否则我们都得饿死了。

男：好吧，那我就到森林里去跳圣雨舞。

女：不行，为了向雨神求雨，你必须在全部落人面前跳舞，而我们也要按着习俗，对你指点嘲笑。

男：你知道谁的舞跳得真正好吗？无拘无束在新地平线上跳跃的两只狗。那两只狗会跳一场疯狂的求雨舞。

女：不行，必须得你来跳。

男：可是熊肉问题怎么办？我该去打猎多弄些熊肉来。

女：再吃十个月我们的熊肉也够了。我们需要的是雨。

男：行，我听到了。我一个字不差地听到了。听我说：你在这儿等着。我这就去森林里走一趟，确定下没有别的熊了，再看看那两只狗，然后马上就回来跳你说的那个舞。

国王的侍者：国王要求你来表演。

弄臣：太好了。国王这次想看什么？我可以说说护城河那个段子。

国王的侍者：不行，国王想看舞蹈。

弄臣：真的吗？他爱护城河的段子啊。知道吗，护城河在冬天叫什么名字？“无用。”明白了吗？

国王的侍者：对啊，因为河水结冰了。

弄臣：还有，阻挡住入侵的匈奴人得需要多少条鳄鱼？31 条。一条鳄鱼用来杀死匈奴人，30 条鳄鱼用来把臭味儿弄干净。

国王的侍者：对，因为匈奴人气味儿很难闻。我懂了。但是这一次那可不管用了。国王命令你跳舞。

弄臣：那么，如果我不跳舞，将会怎样？

国王的侍者：如果你不跳舞，国王陛下已经下达了旨意，要慢慢地看着你的身体被撕裂，来取乐。

弄臣：是这样啊。

国王的侍者：是的，那将是一种漫长却让人发笑的死亡方式。

弄臣：好……也许我可以用那个护城河的段子开场。

抗议者甲：嗨，兄弟，你准备好参加这场浩大的抗议活动了吗？

抗议者乙：当然了！你们计划怎样抗议呢？

抗议者甲：我们都带上点儿致幻药，去华盛顿国家广场抗议越南战争。

抗议者乙：太棒了！华盛顿的那帮混蛋们终于可以明白，我们把自己霸道的资本主义思想强加到这个贫穷的亚洲国家头上是应该被斥责的。

抗议者甲：完全对！好，在舌头下面放些致幻药，我们就可以开始跳舞了。

抗议者乙：对不起，您再说一遍？

抗议者甲：你不会被一点点致幻药给吓着吧？

抗议者乙：没有！根本不会。我用致幻药完全没有问题，但你是不是说了要跳舞？

抗议者甲：是啊。那就是我们的抗议。让我们的身体在华盛顿国家广场上劲舞狂跳，以此来抗议战争。

抗议者乙：噢，这听起来真有趣。但是，让我先故意唱点儿反调，你真的认为我们没有别的选择了吗？你考虑过做标语吗？

抗议者甲：那些东西都不管用！我们需要给华盛顿特区那些贪婪的好战分子们送去一个信息，那就是某种古老的无拘无束的舞蹈。

抗议者乙：是啊，确实是。可是你考虑到战争的所有方面了吗？我的意思是说，这并非一刀切那样简单明了。难道你不担心那种多米诺效应吗？

抗议者甲：多米诺效应？

抗议者乙：是啊。比如说，我们离开了越南，大家都回了家，一个小国家变成了共产主义国家，那也没啥。但是接着，老挝也变成了共产主义国家，然后是印度尼西亚，然后突然间，卡尔·马克思就来你家敲门了，递给你一本红书，请你去他的制鞋厂工作。

四分位：好球，新来的！你的第一个触地得分球！现在做你该做的吧！

外接手：我该做的？是怎么回事儿啊？

四分位：你跳舞啊！

外接手：哦……我不跳舞。

四分位：当你获得一个触地得分，你必须得跳个舞。

边锋：对，我们都这么做。

跑卫：今天早上我还练习了一遍呢，万一我也来个触地得分呢！

外接手：你练习了？

跑卫：当然了。我们所有舞蹈的动作都非常复杂。

边锋：即便它们都是不同的舞蹈，可是将这些舞蹈统一起来的法宝就是我们完全无拘无束的风格。

外接手：我一直都认为这好像是可跳可不跳的。

跑卫：怎么会？这是必须的。尤其这场比赛正在全国范围内电视直播。

边锋：对，所以呢，你们高中所有的女生都在观看。

跑卫：是的，还有塞思·内德梅耶，就是在你长高之前欺负你的那个家伙，他也要观看你跳舞。

外接手：也许我可以来一个扣球的动作。

进攻内锋：为了你，我的肩胛骨刚刚脱臼！你跳不跳！

外接手：我可以走太空步吗？现在人们还走不走太空步？

四分位：不可以，你必须要跳一支原有的舞。

外接手：知道吗，我想我的脚踩线了。我想在二十码的附近，我出边界了。也许我们该看一下回放。

在庞贝城的最后谈话

情妇：停下！别碰我了！

男子：怎么了？

情妇：我不能再这样下去了！

男子：每当你要有感觉时，你总是这样。

情妇：感觉很肮脏。每个星期都在这里会面。

男子：肮脏？！这里是维苏威火山下最漂亮的村庄之一了！

情妇：我总是怀有这种恐惧，怕有人会发现我们的事情。

男子：你在说什么？这地方有几个人？每年的这个时候，所有的萨谟奈人都去萨尔诺了。

情妇：你就是不愿意领我去萨尔诺。

男子：你现在住的村庄可是与众不同啊！这是六日徒步游，还不包括阉牛的站点！

情妇：但是你会领你妻子去那里。

男子：别把这事儿和黛比扯上。

情妇：你说过你要向她提起我的。

男子：我会的！但是现在还不到时候。

情妇：那么，什么时间才是时候？是六个月以后？还是一年以后？！

男子：难道我们在一起的时候就不能快乐点儿吗？我们在一起的时间这么少。

情妇：她随时随地都可能发现我们，这让我怎么能快乐呢？

男子：放心吧。这里就我们俩。一千年之内也不会有人来到这里的。

艺术家：我一直在庸庸碌碌。

缪斯：瞧你说的！你正处在你艺术的巅峰状态啊。

艺术家：好几个月以来我什么都没做。

缪斯：你刚刚创作了牛和男性生殖器那幅了不起的壁画啊！人人都夸呢！

艺术家：根本没人看见我的作品。照这样下去，我连在翁布里亚举办画展都做不到了。

缪斯：你嫉妒奥古斯都吗？

艺术家：这不关奥古斯都的事儿，这是我的惰性所致。

缪斯：别忘了人们是多么喜欢你的葡萄雕塑。

艺术家：那差不多是三年前了。

缪斯：当时那可是先锋作品啊！谁能够想到用羊羔的脑子做纹理呢？

艺术家：（冷笑）奥古斯都肯定想不到。

缪斯：就是啊！你就是先驱者！

艺术家：奥古斯都很可能会使用宦官的肝脏。

缪斯：那极有可能。

艺术家：或者使用小牛犊的耳朵。

缪斯：那太过时了。

艺术家：我感觉我是生不逢时啊。我感觉人们现在不能欣赏我的作品。

缪斯：我一直都在这么说啊！你是一个进步的改良主义者，却陷在了一场反改革的运动中。

艺术家：对于反改革运动来说，我的作品太过于激进。

缪斯：再过一千年，这个地方就会成为博物馆。

艺术家：你真的这么认为？

缪斯：当然了。人们将会从四面八方赶来欣赏你的作品。他们会穿过大陆桥！他们会从亚丁港夺船而上，就是为了来看这些羊羔脑子雕塑的葡萄。你会使庞贝城名扬天下！

艺术家：而奥古斯都将仍然在纽塞利亚的市区里创作着。

缪斯：太对了！不过，别把这事儿和奥古斯都扯上了。

犯人甲：嘿，伙计，醒醒。我们准备越狱了。

犯人乙：什么？

犯人甲：监狱长的孩子害了瘟疫。现在看守很松懈。别跟我说你要临阵退缩。

犯人乙：我真的在考虑我还是留下来为好。

犯人甲：你想留在监狱里？

犯人乙：反正我们的刑期只剩下三个月了。我们欠这个社会的债得偿还；我是说，那几个色狼我们真的不该给打趴下。

犯人甲：你是说你喜欢这里了？

犯人乙：从某种程度上说是的。我遇到了一些好人，我还有一份好工作，在监狱图书馆管理书籍。

犯人甲：哦，我可是要出去了。就今天晚上！

犯人乙：但是在庞贝城，你这一辈子都要过着胆战心惊的生活了。

犯人甲：不会的，我要彻底离开庞贝城。

犯人乙：你要离开庞贝城？

犯人甲：我已经厌恶这里了。我有梦想啊，伙计。我想旅行到海边，爱上一个巴比伦女人，然后，等她来月经时，用石头把她砸死。

犯人乙：这听起来确实不错。但是我想我更喜欢在这里服完刑，然后在庞贝城过着无忧无虑的生活。也许教冒险青年一些拉丁语。知道吗，做一点儿偿还。

犯人甲：噢，认识你很高兴，兄弟。

犯人乙：咱们外面见。

妻子：你能老实点儿坐着吗？

丈夫：我坐得很老实啊。

妻子：不是的，你总是偷着看你的望远镜。

丈夫：我只是看看孩子们是不是上床了。

妻子：不对，我看见你往谷底处看了。你是在看比赛。

丈夫：哦，斗熊决赛今晚开始了。

妻子：你能不能等我们到家了，再查看比分呢。请你集中注意力。

丈夫：我在集中注意力呢，可这却是我最糟糕的噩梦，不得不看三个小时无聊的跳跃表演，而表演者又是一帮穿着萨堤罗斯森林之神服装的臭小子。

妻子：你最糟糕的噩梦是和我在一起吗？

丈夫：不是！我爱和你在一起。我刚才在说萨堤罗斯呢。但是这整场演出使用的都是奥斯干语吧？他们说的话我一句也听不懂。

妻子：克劳迪乌斯每个星期都领他妻子去听赞美诗演唱会。

丈夫：这么说，也许你可以和他们一起去。

妻子：让我像老牛拉破车上的第三个车轮子吗？谢谢你啊，我可不去！

丈夫：我感觉这演出永远也没完了。

妻子：你该庆幸我们没去看贺拉斯的哑剧。过三个小时就全结束了。

气象学家甲：你最近有没有注意到什么奇怪的现象？

气象学家乙：奇怪的现象？

气象学家甲：是的，我也不知道。只是感觉这天气一直都静得出奇。

气象学家乙:哦，周末的天气预报是怎么报的？你查看了吗？

气象学家甲：是的，风仍然朝着卡普里方向刮。

气象学家乙：这么说我们这儿的天气好好的。你很可能感到泰特斯对你的压力，所以才想胡编一些东西来提高收视率。

气象学家甲：瞧你说的。我才不会那么做。

气象学家乙：我不是说你要故意这么做。但是你要记住去年的事儿，你说过天上要下青蛙的。在收视率测定期间，你总是这么做。

气象学家甲：我是那样吗？

气象学家乙：是的！我们这儿的天气很好呢！看！阳光普照！我们这是在庞贝城，在赫库兰尼姆古城这侧最安全的村庄里！

气象学家甲：也许你是对的。

气象学家乙：我当然对了。

气象学家甲：有时候，我有一种幻想，要冲进圆形剧场告诉大家赶紧撤出庞贝城，因为天上要喷射出浩浩的火山灰将我们都埋葬！

气象学家乙：你的收视率很可能要到 8 或者 9。

气象学家甲：至少得 8 或者 9！

气象学家乙：但是你那么做合适吗？

气象学家甲：我琢磨着不合适。

气象学家乙：好。那咱们就放松吧，喝点儿小酒，看着太阳在静静的维苏威火山后面落下。

亚历山大·格雷厄姆·贝尔的头五通电话

1876年3月10日

亚历山大·格雷厄姆·贝尔：沃森，快过来！我想见你！

1876年3月11日

亚历山大·格雷厄姆·贝尔：嗨，沃森，猜我是谁？对了，是我，是亚历克。你怎么知道的呢？我刚才的声音挺滑稽的。昨晚睡觉了吗？我也没睡！让电话这东西能够好使真令我兴奋。我知道！我也真想打电话叫你来着，但是我想你很可能睡觉了。你都告诉别人了吗？没有，我也没有告诉任何人。不过，我在想可以告诉梅布尔。我敢说她会认为这很有趣。好吧，酷。不过，等你睡醒之后，给我打电话啊。什么时间打都行。酷。好的……你要挂断电话了吗？不，你先挂断。不，你先挂！好吧，我们同时挂。准备好了吗？数到三。一、二、三。你还在听吗？是的，我也是。好吧，这次我真的挂了。一、二、三。喂？

1876年3月12日

亚历山大·格雷厄姆·贝尔：嗨，沃森，你怎么样？我没事儿。一直坐在这里呢。你呢？那很酷啊。嗨，我有个怪念头。你听听这是否有点儿恐怖。你看，你有电话，我也有电话，是吧？你觉得更多人也有电话是不是更妙呢？我也说不准，比如梅布尔也有电话。我想她会喜欢的。什么？不，我不喜欢她，我只是想象她可能会喜欢电话。我对她可不痴迷。我只是想，如果这电话在她家里也能用，这一定会是个有趣的实验。所以我想，我们可以让她惊喜一下，知道不？你看哈，你可以把电话藏在她家里，然后我给她打电话，她会听到铃声，却不知道是怎么回事儿，就拿起听筒，就听到我在另一端随意地说道："嗨，梅布尔，是我，亚历克，从街区这头家里给你打电话呢。"她就会十分钦佩我（我可不是向她炫耀），之后我们就知道实验成功了。所以我想，你可以到她家里把电话偷偷装上，那可是棒极了。你可以漫不经心地敲她门，假装你给她送花什么的。或者装作在居民区里做个流行病调查，就是那种十分平常的事情。但是你千万不要提起我！酷，谢谢你，沃森。你最棒了！她一定会佩服得五体投地的！什么？不是，我是说这项发明。她一定会佩服这项发明的。酷，回头再聊。

1876 年 3 月 15 日

亚历山大·格雷厄姆·贝尔：嗨，是我。没事儿。什么？不是，我刚刚吃过饭。我没有说话含混不清啊。没有。哦，我认为醉的是你！我一点儿事儿没有。我或许喝了点儿葡萄酒，那又怎样？闭嘴！我没有心情说这个，好不好？你听到梅布尔的信儿了吗？我一整天都在给她打电话，她就是不接听！是的，我号码当然拨对了——2！别跟我装专家！很可能你没有把电枢和导线连接好。我不是说你故意这么做，但是她没有接听电话，这事儿确实有点儿怪。我要说的都说了。我并不是谴责你什么，但是我却见过你看她的样子。噢，我在编造谎言，是吗？！伟大的发明家！在编造谎言，是吧？！比如你告诉她你喜欢她的连衣裙？那是我编的吗？还有，你和她沿着路边一路走到了斯特劳大桥，是我编造的吗？！也许我该给我这么犀利的眼光申请个专利！啊！现在我可是怒火中烧啊！我现在真想还没有说完话就把电话挂断！我说到做到！我就要挂断电话。不管我们说完没说完，我都要把电话挂断了！

1876年3月21日

亚历山大·格雷厄姆·贝尔：嗨，沃森，我是亚历克。你好吗？我很好。是这样……是的，对于上个星期我打的电话，我只想说声对不起。我万万不该说你是醉鬼。那话很愚蠢。我想我并非真的对你生气。我想我只是……对那种情形生气，你懂的。可是我却把火气发在了你身上，这真是幼稚可笑。好吧，不说了……你好吗？那很好，那很好。是的，没别的了，我也很好。原以为我想到了一个新的发明，但是我想已经有人做了。大概是那种带纹的汤匙。不说了。反正是有点儿愚蠢。没有，我没有听到关于梅布尔的信儿。其实我并不真的那么喜欢她。知道吗，她有点儿以自我为中心。比如每一次谈话她都把主题引向她自己。知道吗，我对她只是一种概念上的爱。不管怎么说，我实际上有点儿孤独。我听起来很抑郁，是不是？沃森，你看你能不能过来一趟？我想见你。

四

室友偷走了我的拉面：一个沮丧的大一学生写的信

9月16日

亲爱的丽塔小姐：

我敢说，你以为你绝不会再听到我的信儿了，是吧？看，我出现了！我知道，自从我高中三年级❶起，我们就没有说过话了，但是我真的很心烦意乱，而你则是我唯一能够说说心里话的人。哦，我还应该告诉你，我正在上一门创新写作课，正在学习怎样使用脚注❷。我给你写的内容太多了，所以我认为最好使用脚注把我的观点说清楚。

好的，咱们再回到我刚才说的。我上大学已经两个星期了，我感觉这是我一生中最糟糕的阶段。我已经抑郁得令人难以置信了！如果做个比较的话，我此时甚至比我高三的时候还要抑郁！

我也知道，给你写信完全是一种随意的行为，而且你很可能会想："这他妈的是谁啊？"可是如果我不把事情向某个人倾诉，我想我的脑袋就会爆炸了。❸

是这样，我当时没有告诉你，可我确实没有进入我心目中的好学校，大多数保底学校我也没有去上，这样，我竟然来到了密苏里❹，这个"蛮荒之地正中央"的一个学校，因为我父母认为，我离开家，"到国内一个不同的地方❺去经历事情对我有好处"。

我对这个鬼地方恨得要命。这就像美国政府建了一座标准的

❶ 所以，严格来说，你再也不是我的辅导员了。

❷ 这些就是脚注！

❸ 确实这样。我现在真的患有忧虑性偏头痛。

❹ 或者如密苏里所称呼的，圣路易斯。

❺ 我想是个鬼地方。

城市，然后在这里拉了一摊屎一样。这里很难描述，但是圣路易斯看上去真像是一摊屎，真正的人粪，这座城市任何地方的上面都好像有一层薄薄的粪便，它的鼎盛时期也大概是四十年前的事情了，是在大萧条时代，❶我现在实在是太想念纽约了！

我感觉到的最怪异的事情就是，我似乎是唯一讨厌这个地方的人。所有其他的学生（我说的是一个不落的所有其他的学生）似乎都感觉这里非常好。看他们的样子就像他们的功课都很好，出去游玩，满脸笑容，结交朋友，而我的样子呢就像，"怎么没有人看出来，我们大家待的地方是个多么恶劣悲惨的鬼地方啊？！"

但是到目前为止，我的经历中绝对最糟糕的部分却是，我要求住单人间，❷但是单人间很少，我很倒霉地摊上了一个叫丽贝卡·斯洛特尼克的泼妇般的女生，和她住在一起。❸

严格地说，死浪尼克是个"好"人。比如，她说的事情总是"很对"，❹但给人的感觉却很假。我的感觉是，她只是装作很好，当我们吵架时，她就会说："可是我问过你了，我放的音乐打扰你吗？"然后我就会无话可说了，只能说一句："是啊，我想你是说过那话。"

这并不关我的事儿，但是老实说，她真应该吃一种什么厌食之类的药，因为她胖得简直要崩开了。

好吧，上述问题引出了我目前的抱怨：

---

❶ 这里竟然有一个保龄球馆。我不是开玩笑。

❷ 意思就是没有室友。我之所以要求住单人间，原因是我从来没有和别人合住过一个房间（甚至没有在别人家里住过，这你也许记得。我不住别人家里的）。

❸ 以下我将称呼她为"死浪尼克"，很抱歉我这么称呼她很不礼貌，也许这么说对你很是冒犯，但是我这么称呼她会让我感觉好些，所以，对不起了，丽塔小姐。;-)

❹ "我注意到你在看书，我放的音乐打扰你吗？"

在搬进宿舍那天，我和我父母去好市多仓储超市买了很多东西，因为学校不允许大一的新生开车，所以我就把好几个星期要用的东西都买来了。❶

我们还买了18包一箱的拉面，❷我知道你肯定觉得这东西对身体不好，但是我就是喜欢吃这种食品，因为这就是那种“没别的可吃的了”完美替代品。

死浪尼克和我上课的时间不一样，所以有一天，我晚上8：30下课回到宿舍时，死浪尼克还没有回来，我就将一马克杯水放进了微波炉里煮开，准备泡面。然后我就拿出来一碗拉面，这时我注意到只剩三碗鸡肉拉面了，我明明记得的是四碗。

一开始我以为有人入室行窃了，所以我就将室内物品都查看了一遍，但是似乎并没有什么变化。这时我意识到，死浪尼克星期二很晚才有课，所以说，她有可能一整天都待在房间里吃起东西没个完，很可能受到了我的鸡肉面的诱惑，因而就决定把一碗拉面也塞进了肚子里。

当我意识到这个死浪尼克偷走了我的拉面，我立刻就没有了胃口。我心里某种东西顿时被击得粉碎。那个感觉如同一个女人发现她的牙医丈夫背着她和牙齿保健师在一起鬼混一样。

之后我就开始产生你描述的那种恐慌的受攻击感。呼吸加快的同时，我还有了一种窒息的感觉。我感觉到头晕目眩，双脚空空，如同站在一座高楼的边缘往下看。

所以我就坐在床上，竟然开始哭泣起来。❸我把头埋在枕头

❶ 包括四大瓶潘婷洗发露和护发素、一大堆密封塑料袋、日用和夜用的感冒药（胶囊）、一个小微波炉、超薄的衣架、柠檬佳得乐饮料、学习用品（记事本、夹子等）。我确信，我还有上万件东西没有列，但是你懂的。就是基本用品。

❷ 就是那种塑料碗装拉面，有6碗虾肉面、6碗牛肉面和6碗鸡肉面。

❸ 我知道那么做很怪，但是我情不自禁。

里，鼻子里任性地流出了鼻涕，❶我开始憎恨世界万物，当时的感觉就像我的一生从此结束了，我陷入了一种绝望的境地，我的生命就要终结。我的心脏狂乱地跳动，却感觉快要死了。

我想最后我终于睡着了，因为我能记起来的第一件事儿就是死浪尼克走进屋子里说："嗨，希望我没有吵醒你。"❷

我表现出不愿意理睬她的样子，装作在看书。过了会儿，我就迅速地说了句"晚安"，意思是让她感到我怒不可遏，将我的灯关掉睡觉了。

但是……

他妈的第二天，丽塔小姐……

……死浪尼克竟然提起了那碗拉面！而且是以她那种经典的虚伪方式提的。她说："希望你不要介意，昨天简直把我饿死了，❸所以我就吃了你一碗拉面。"

我真想冲着她那张胖脸尖叫！

首先，谁也不应该说："希望你不要介意。"如果你说了"希望你不要介意"，那通常的意思就是，那个你说话的对象绝对他妈的介意！

其次，她并非吃了我"一碗"拉面这么简单。她吃的是鸡肉拉面。❹这就像她从我的钱包里拿出了一张一百元的钞票，并说："希望你不要介意，我从你那里拿出了一张钞票。"

最后，要吃就吃你自己的东西，婊子！死浪尼克不是可以和

---

❶ 平时我很讨厌将鼻涕留在枕头上，尤其是因为在这里洗衣服是一件很令人烦恼的事情，但我就是控制不了我自己。

❷ 我当时想说的是，"你确实把我吵醒了！"

❸ 绝对是反话，死胖子！

❹ 鸡肉面是唯一好吃的拉面，这谁都知道。牛肉面的味道就像彩色美术纸，虾肉面的味道如同没擦的屁股。请原谅，确实是那种味道。

她那一群胖胖的家里人去好市多仓储超市买吗？而且屋子里她那侧吃的东西堆成了山。[1]那她为什么要扭动她那肥臀来到我这一侧，用她那猪鼻子拱我这边儿的粪堆？！？蠢猪，老实待在猪圈的你那侧！！！哼哼！哼哼！尽情在你那边儿哼哼，你这个淫荡的肥婊子！！！

后来我找到了我那个楼层的楼管员[2]，告诉她死浪尼克拿走了我一碗拉面，可你知道她怎么说吗？她说："你作为独生女，[3]我知道大学生活对你来说是一个很大的过渡阶段，但是你必须要学会如何与人分享。"所以我当时的心里话是："去你妈的吧，贾妮思。"现在我们见面不说话了。有权力欲望的傻逼娘们。

好吧，很对不起我说了这么多骂人话和恶劣的语言，但是我记得你告诉过我，用记日记的方法来发泄我的感情，而不是对我妈妈大喊大叫。这种方法管用了一阵子，可是后来我变得懒惰了，所以我又开始对她喊叫了。我想，这封信就像是日记一样，不过这个日记不是私密性的，因为我真的需要向可能会懂我的某人倾诉。[4]

我也知道，从表面上看，这并不是什么大问题，只是关于汤面那点儿事，或者别的什么。但这并不是关于什么汤面的问题，你知道吗？因为如果这仅仅是汤面的问题，我很可能会说："管它呢，我再来份汤面就好了。"但并不是这样。我怒不可遏。真

---

❶ 她那里堆了大概有 20 箱"小熊饼干"。他妈的死胖子。他妈的死胖子。

❷ 一个叫贾妮思的婊子。

❸ 我知道他们都说，独生子女都被娇惯坏了，因为从小就习惯了东西不与别人分享，但是我认为这并不准确。我认为你也可以这么说，那些有许多兄弟姐妹的孩子们，因为他们也许得自私，才能得到东西，因为他们总是在竞争。所以说，他们也许不知道如何与人分享。

❹ 对不起，这个人必须是你。;-)

的是。而更大的问题是，我感觉就像我的一生如同一团乱麻，我看不到出路，而且感觉越来越糟，而且这个想法（越来越糟的想法）比我遇到战争还要可怕，因为我知道，战争迟早会结束的。

好吧，这封信里我也不能让你完全沮丧。❶所以在信结尾时，我要告诉你，你给我的一生真的带来了很好的影响，丽塔小姐。我不知道你是否还记得，你曾经说的某件事对我意义重大，但是你很可能不记得了，因为你对很多女生都是这样做的，可对我来说，那却是我痛苦的一年中唯一美好的事情。

事情是这样的：

在地狱般的高三那年的一天，我在你的办公室里对你哭。❷你怪怪地❸将手放在我的头上说："你值得拥有快乐。"

听到你这样的话，我好像突然间有点儿茅塞顿开。因为我意识到你说得对！我确实值得拥有快乐，但不能以一种自私的方式快乐(比如说我要比别人拥有更多的快乐)，而只是以这样的方式："我是一个人，我可以做一个快乐的人。"

后来发生了一件最怪异的事情。大约两个星期之后，我又抑郁得不得了，我就认为能够让我感觉好起来的唯一事情就是再次有人告诉我："你值得拥有快乐。"但是我给自己定的奇怪规矩却是，我不能找人来跟我说这句话。这事儿只能是自然发生。

所以我就向老师和父母提一些奇怪的问题，比如"你认为作为一个物种，我们都值得拥有什么？"以此来努力地诱导人们说"你值得拥有快乐"。却根本没有人说"你值得拥有快乐"这几个字，而且大多数人看我那眼神就好像我疯了，也许我真的疯了。

但是，丽塔小姐，我脑子里总是在勾画你再次对我说这句话。

❶ 是不是太晚了？

❷ 像往常一样。

❸ 但是这种方式我却很喜欢。

我真希望乘时光机飞回到你第一次说这句话的时候，好再次感受你温柔地抚摸我的头顶，再次亲耳聆听你对我讲这句话：

“你值得拥有快乐。”

好吧，先说到这儿吧！我该走了，死浪尼克刚进屋，我得去保护我的食物了。❶

好吧，我知道这封信很怪异，而且非常唐突，但是，丽塔小姐，我伤心的时候总是想起你呢。❷

而且我想，你可能是我唯一的朋友。

您诚挚的，❸

哈珀·雅布隆斯基

附言：死浪尼克刚才说：“我问你在写什么，你介意吗？”我的回答也很随意：“课堂作业。”❹

---

❶ 开个玩笑。差不多是玩笑吧。

❷ 这里没有贬义噢，并不是"想到你令我伤心！"而是"想到你令我不那么伤心。"

❸ 原来我想写"爱你的"来着，但是那样做很怪。那就像"这太快了！"

❹ 愚蠢的婊子。好了，真该说再见了，丽塔小姐！

9月29日

亲爱的丽塔小姐：

非常感谢你给我回信！你能给我回信让我如释重负，主要是因为我刚给你写完信，就感觉十分尴尬。我想或许你不记得我了，或许你会憎恶我。但是你确实记得我，而且很明显，你不憎恶我。

你写的信尽管太短了，❶但是写得太好了。

对了，我接受了你的忠告，对我的室友态度好了些，❷但是结果却并非像我和你所希望的那样。

对了，你告诉我不应该在心里对死浪尼克“怀有仇恨”，我应该努力“和她交往”，❸并问她愿不愿意去哪儿玩儿玩儿。

所以我做了。我一读完你的来信，❹就问死浪尼克愿不愿意参加室外的什么活动，比如什么社交活动之类的。

死浪尼克就说：“好啊，你想做什么呢？”

我就说：“你想做什么都行。”

我想她会建议做些什么比较正常的事情，比如去喝杯咖啡或者去吃顿墨西哥快餐什么的。

可是死浪尼克却说：“我们女生联谊会今天晚上要举行一个资金筹集活动，准备为舞蹈病筹集资金。跟我一起去帮忙吧？”

---

❶ 我知道你告诉过我，我应该在校园里找一个心理辅导员来咨询，但是别担心，我不会给你找麻烦的。我想你永远也摆脱不掉我了。

❷ 你称她为“你的室友，丽贝卡”，但是以下我将继续称呼她为死浪尼克。哈哈。

❸ 这听起来有点儿同性恋倾向，但是我懂你的意思。

❹ 你的信我一口气连续看了四遍。很着魔吗？

对这个我这辈子所收到的最糟糕的邀请，还没等我说个“不”字，我嘴里竟然溜达出来了“好啊，我愿意和你去。”

好吧，先倒一下带！

死浪尼克加入了一个女生联谊会，那是她想与别的胖女生交朋友的狗屁方式，因为如果她不在这个联谊会里，那她就会是一个没有朋友的孤独胖女生了。❶

但是，按照你告诉我的话，我在努力采取一种开放的态度。但是，我不仅要去参加这个愚蠢的活动，我甚至还要在里面工作。

但是我就一直在想 ：“丽塔小姐将会怎么做呢？”❷

我就想到你很可能会告诉我，去参加那个资金筹集活动吧，还要脸上露出笑容，尽管我在心里面没有笑。

你也知道我最不愿意见陌生人了。我总是那个样子，还记得吗？因为我认为大家一直都在背地里偷偷地笑话我。我还担心，当我到了那个联谊活动时，人人都会认为我是个失败者，因为我没有加入任何联谊会，❸我会羞愧得无地自容，脸上强装出笑容，但实际上却想干脆死掉算了。

好，我来说那个资金筹措活动。

这项活动是在一个叫作腐树❹的未成年人音乐厅举行的。女生联谊会请来了当地的一个叫作“77 美分”的很差劲的女子乐队，她们表演的都是些水平很差的女性主义的扯淡歌曲，门票收十美元。

当我们赶到时，那里已经十分热闹。❺我们一走进里面，死

❶ 也是一个后背有痤疮的女生。

❷ 我常把你当作耶稣呢！！

❸ 因为这些联谊会都他妈的瞎扯淡。

❹ 名副其实，因为圣路易斯的树木都在腐烂。

❺ 这并不奇怪，因为这个城市里的人都是些没什么大能耐的人，整天都无事可做。

浪尼克就完全变成了另一个人。❶她开始见人就拥抱，像白痴那样尖叫，并且用“管你情愿不情愿”的态度称呼其他女生为“姐妹”。❷她也努力把我介绍给她的群体，说：“她叫哈珀，她想做一个志愿者。是不是很棒啊？”

其他的女生都过来拥抱我，❸冲着我尖叫，所以我就强装出笑容，真的是强装，我感觉想哭，因为我得到的拥抱越多，我就越感觉孤独。因为她们的拥抱让我感觉很空洞，或者很生硬，或者不够热情。这和你当年在学校拥抱我时不一样，因为当年你给我的拥抱那不仅仅是拥抱，而是把我所有的痛苦都驱逐得无影无踪。如同你把我体内的悲伤都驱赶了出来。❹我真想回到纽约再次得到你的拥抱！再一次得到丽塔小姐的拥抱！❺

好吧，不说那个了！

联谊会也在举行抽奖活动，很显然这是用得着我的地方。我应该和一个叫斯特凡妮的“姐妹”一起工作，向那些来看“77 美分”乐队演出的不幸的庸碌之辈们卖奖券。所以死浪尼克就把我介绍给了斯特凡妮，而当时我的感觉就是“哇”的一下子，因为她长着一个奇大无比的瘦鼻子。❻

然后死浪尼克就跑开到乐队那边儿去了。之后就剩下了我和这个我根本不认识的“瘦鼻子”怪人在一起，我又开始有了那种害怕的感觉，心跳加快，呼吸怪异。“瘦鼻子”很可能看出了我害怕，

---

❶ 不过，她那个胖劲儿依旧。

❷ 是的，二十个白人女生相互之间称呼“姐妹”，好像她们是“棉花俱乐部”歌唱队的替补。

❸ 我很有可能传染上了痤疮。

❹ 如果我表达得太怪异了，请你告诉我。对不起。

❺ 好吧，我现在是有点儿像同性恋了。

❻ 所以我就知道她会凶巴巴的（因为很不幸，她拿到手的牌很差，或者说摊上的鼻子很差！呵呵，倒霉一生了）。

所以就对我说：“别担心，我是个很好的老板。”❶

但是我可没将心里想的说出来，我只是说：“谢谢你，斯特凡。”

接下来斯特凡妮就告诉我如何去做这项有辱人格的工作。我必须像个傻子似的四处去兜售抽奖彩票。彩票是三美元一张，五美元两张，二十美元换一串和你胳膊一般长的彩票。❷

我感觉十分怪异。这里的人我一个也不认识，现在我得带着笑脸四处向他们兜售这狗屁彩票！

这时，让我感到雪上加霜的是，斯特凡妮问我：“你想见见乔斯林吗？”

我就回问了一句：“乔斯林是谁？”

斯特凡妮就说：“是塔里恩的姐姐。她患有舞蹈症。我们都是为她而来的。”

对于这个我这辈子所收到的“第二个最糟糕的邀请”，我还没来得及说个“不”字，我的嘴里就溜达出来了“好啊，我很愿意。”

这时，那个怪异的女人就开始步履蹒跚地向我们走来。❸

斯特凡妮向她摆了摆手，说：“乔斯林，我来给你介绍一下哈珀。她是丽贝卡的室友，乐于助人，今晚来这里做志愿者。”

这时，乔斯林就结结巴巴地说：“谢谢你来做志——志——志愿者。”❹

---

❶ 当时我在想，“你根本不是我的老板。你只不过是又一个丑陋的被遗弃者，因为太丑了自己不能交朋友，所以才加入了一个瞎扯淡的联谊会。”

❷ 这是这场活动中最令人尴尬的部分，因为我必须得用票来丈量他们的胳膊，以便确定给他们多少张票，这种做法具有性别歧视，因为男人比女人的胳膊要长些，所以他们得到的票就要多些。我向我的“老板”提出了这个问题，可是她却不知道怎么解决，因为她就是个白痴，对于我提出的这个“问题”，很明显，她的智商不够。

❸ 你猜对了。就是他妈的乔斯林。

❹ 她说“志”的时候嘴里冒出了唾沫星儿，我使劲儿躲避开了。

但是我什么也没有说，因为我不知道我是否该和她说话，还是等她自己走开。

这时她伸出手来想和我握手，但是她的手好像在颤抖。❶我被吓得半死，所以我就向她摆了摆手。我能看出来，我不想和她握手使她感觉受到了伤害，但是我的心里话却是："赶紧把这种无法控制的颤抖劲儿给我停下来，这样我才或许碰一碰你。"❷

当乔斯林终于走了之后，斯特凡妮转向了我说："你对她真是太无礼了。她可能没有几天活头了，可你对她却那么无礼。"

斯特凡妮说完也走开了，只剩下我一个人拿着那卷抽奖彩票。

我就是在这时开始哭的。在那一刻，我变得思念一切，不仅仅是思念家，还思念过去所有的一切。我真的愿意回到我过去的任何一个时刻。即使是我一生中最糟糕的一天❸也要比这一刻好。

我向后台跑去，想找到死浪尼克，因为她是整个这里我唯一熟悉的人。但是哪里也找不到她。而这时，台上的乐队已经准备开始演奏了。

我在腐树音乐厅周围到处寻找死浪尼克，但是怎么也找不到。所以我就一路哭着跑到卫生间，因为我感觉到了要呕吐。我就把头放在坐便器上方干呕，但是费了很大劲儿呕出来的就是一小块黏痰。

当我的额头顶在了坐便器的边沿时，我听到乐队开始演奏她们那狗屎般的歌曲，那音乐既快又震耳欲聋，还怒气冲冲，女生主唱在尖声叫喊："我卡在里面出不来，玻璃天棚将我隔开，我卡在里面出不来！"

---

❶ 我当时的感觉就是，这个人正在变成一个狼人，她的骨头都在嘎嘎作响，并在她的皮肤内移动着。

❷ 好吧，也许这话听起来挺邪恶，但是认真地说，我真不知道她那种病是否传染啊，对吧？

❸ 珍妮·塞弗特十六岁生日那天，还记得吗？

我费劲呕吐的时候，呼吸急促，心脏随着她们那难听的歌声在快速地跳动。

后来我跑到外面呼吸些新鲜空气，❶接着竟然鬼使神差地往宿舍方向跑。我手里仍然拿着那一大卷抽奖彩票，但我就是跑啊跑啊跑啊，一直跑回了宿舍。

我简直是痛苦万分，我真的受不了了，所以我就决定做一件我好几个月以来一直想做的事情。❷

我应该往回倒点儿带，告诉你另一件事情。这个夏天，医生给我开了抗抑郁的处方药，但是我并没有服用，因为我太害怕了。我不知道服用这种药物会给我带来什么后果，我是不是会突然间肥胖起来什么的。而且这种药的名字也很奇怪，叫作“依他普仑”，❸所以我并没有服用。但是又想，万一能用得上呢？所以我就把药瓶放在了箱子底儿，连同行李一同带到了学校。

但是，既然我都变得这么心烦意乱了，我就确定，即使变胖了也比心情这么难受强。

所以我就翻动箱子找到了那瓶药。我从里面拿出了一小片药，将其放在嘴里。因为我哭了很久，我仍然是满脸泪花，满嘴黏液，❹所以我没用喝水就把药咽到了肚里。

然后我就深深地吸了口气，等待感觉好些，我没脱掉衣服，就那样蜷缩着躺在床上。我试图入睡，但是最怪异的事情发生了。我躺在床上感到一阵头昏脑涨，开始颤抖起来。如同在抖动。难以控制地抖动着。

---

❶ 在圣路易斯这可是个矛盾修辞法。

❷ 别担心，我并不是想自杀！

❸ 如果你想问我，我说这种药的名字听起来很像什么邪恶的恐龙，比如“暴龙依他普仑”什么的。

❹ 我知道这很恶心，但我是实话实说。

我立刻后悔服用了依他普仑，发誓以后再也不吃那类的药物了，因为我对药物过敏很厉害，那药让我感觉很不安。

我想我可能要死了。我当时的想法是："噢。人在死亡之前就是这种感觉吧。"

我感到天旋地转，躺在床上好像被冻得颤抖个不停，尽管我穿着衣服满身大汗。我整个身体都在颤抖，所以我就开始想，这是否就是人们所说的那种舞蹈症了：总是感觉你的身体不归你控制了。乔斯林是否总这么感觉。接着我有点后悔当时没有和她握手，因为这时我真的希望有人来摸摸我。

然后，我没有料到自己竟然说出了这样的话，我开始说希望死浪尼克赶紧回宿舍吧。❶

我不知道时间过去了多久，我感觉好像过了好几个小时才听到开门声，也听到死浪尼克进门时两条大腿清晰的摩擦声。

灯光骤亮，让我眼睛生疼，但是我从来没有感觉到这么如释重负过。死浪尼克说："哈珀？"

我回答："嗯？"

她又说："我太担心你了。"

我说："是吗？"心里有点小惊讶。

她又说："我们大家都在担心你啊。你就那么跑了出去。你没事儿吧？"❷

我仍然颤抖得十分厉害，接着我就说了句我今天都不敢相信的话。我说："你能过来抱一下我吗？"

死浪尼克什么也没有说。她来到我的床前，躺下来，用双臂

---

❶ 别用这件事儿来对付我！

❷ 我以为她会很恼火，因为我拿着那卷抽奖彩票跑了出来，或是因为我没有告诉斯特凡妮就离开了音乐厅，或是因为我对即将离开人世的乔斯林无礼。可是她并没有恼火。她仅是为我担心。怪哉。

抱住了我。

我想她应该看到了我在哭，因为她说："没事儿了，会好的。"

我几乎就要脱口而出称呼她死浪尼克，但是我及时地拦住了自己的嘴巴，说了句："谢谢你，贝卡。"

她说："没什么。"

我就问："你为什么对我这么好？"

死浪尼克说："我们是姐妹啊。"

尽管我觉得管我叫"姐妹"这很奇怪，因为第一，我没有和她在这个联谊会里，第二，我们不是哈莱姆教堂唱诗班里的两个黑人女性，我又开始哭起来。因为这是我来到这个屎学校以来，第一次没有感到那么绝望地想家。

我用鼻子蹭死浪尼克那好几层游泳圈，心里想，"这里真的比任何地方都舒服。"

死浪尼克也把我搂得更紧了，那是一种真情流露的拥抱。这种拥抱让我想永远地留在她的怀抱里，并彻底地改变我的生活，变得完全像她一样。因为尽管她是个肥胖的卷发婊子，❶可有时候你就是需要被人拥抱。

我敢说，你会以为在信结尾时，我会说些刻薄的脏话，❷但我目前感觉还是不错的。

希望你一切也好，丽塔小姐。

爱你的，❸

哈珀·雅布隆斯基

❶ 她还有口臭，而且松垂的后背上满是痤疮。

❷ 还有时间哦……

❸ 希望我写这个"爱你的"你觉得没问题！我不是同性恋，丽塔小姐！我就是感受到了许多许多的东西。

10月5日

亲爱的丽塔小姐：

哦，这事儿终于发生了。是昨天，我恋爱了！

恋爱的开始真像童话一般！

不幸的是，它的结尾却不像童话。❶

我恋爱了也失恋了，丽塔小姐。我知道人们都说："恋爱过和失恋过总比从来没有爱过要好。"但是经过了昨天，我想我不能同意他们的看法。❷

事情的经过是这样的：

昨天我上了一堂宏观经济学课。上课时间是在上午，通常上午的课我都很累，所以我并非总能集中注意力去听课。还有，这是堂大课，无聊得要命，而且讲课的老师是一位小个子印度裔女性，印度口音很浓❸，而且根本没有任何幽默感。

课上讲的东西没什么意义，是关于在一个经济体中，如何在枪支和黄油之间做出选择的问题。❹老师就问我们，假如这个国家由我们来管理，我们该选择什么并且为什么这么选。所以我就举起手说："我选择枪支，因为如果你有了枪，你就可以去侵略有黄油的人们，把黄油从他们手里夺走。"

这位女教授露出了某种微笑，好像我刚才说了个什么笑

---

❶ 除非那个童话故事是《小红帽》，因为我本质上就是被一只大灰狼吃了。

❷ 我知道与公认的名言相悖是不对的，但是，丽塔小姐，听我说完发生在我身上的事情之后，你再确定我说的话是对是错。

❸ 就好像宏观经济学听起来还不够难似的。

❹ 如果我让你发困了，真是对不起，丽塔小姐。

话，❶然后又问：“还有人要发言吗？”

就在这时，那个平时不爱说话的男生举起了手，这位印度女老师就说：“瑞恩要发言？”

瑞恩就说：“我觉得哈珀的观点其实不错。如果你拥有武器，你就可以控制资源，即使这意味着用武力夺取。”

接着这位印度女人就笑着对瑞恩说：“哈珀和瑞恩可以组成一个很好的团队，同学们。事实上，他们的观点并非没有历史先例。”

接着她就继续讲述关于枪支和黄油的题目，而我呢，就我行我素做我自己的，她爱讲什么讲什么，反正我是不理睬的，只是瞎想着别的事情。❷

一件非常奇怪的事情发生了，丽塔小姐。我开始遐想起这个男生了。遐想这个名字叫瑞恩的男生。

我想，“也许我们是一个很好的团队。”之前我从来没有看过他，可是现在我们是一个团队了，我就真的开始注意他是多么了不起。❸

接着我的脑袋简直要发疯了，丽塔小姐。那堂大课是两个小时，在之后的其余时间里，我完全处于一种精神恍惚的状态，一心只是遐想着我的团队伙伴瑞恩。

这时我的私处开始瘙痒起来！那感觉就像，“哇，我的下面！

❶ 我当时并没有在开玩笑。今天我仍然认为这是个好主意。

❷ 如果这话听起来很不负责任，我表示抱歉，但是我对这门课的态度是通过与不通过我都无所谓的，因为我知道我成绩不会好的。

❸ 好吧，有件重要的事情要告诉你，丽塔小姐，我还没有男朋友呢。你很可能会记得吧，在高三那年，我还是个处女呢。哦，你猜怎么着？我仍然是个持卡会员。:-) 我也不知道这是为什么，我也确信我有无数次机会失去童贞，但是我却从来没有。除了一次之外，我实际上从来都没有和男生亲吻过。那是在我七年级时，那个讨厌的叫亚历克斯的俄罗斯男生围着学校的停车场追我，在我的额头上亲了一口。但是与其说那是亲吻，不如说那是人身攻击。:(接着他就用俄语说了些什么，那语言真是难听，他又笑了笑，那笑声听起来也很难听。

没有想到你做到了这个！”我觉得也许我要尿裤子了，但是那感觉非常好，如同过电一样，从我的私处一直击到了我的心脏！

我的眼睛就是挪离不开瑞恩那里，因为对于我来说，他变成了一个完美的生灵！

你看，丽塔小姐，我就坐在教室里，却把我们两人的一生都做了规划！❶

第一次约会：

这将是一次浪漫的经历，但结束时不会带有太多的身体活动。❷我可以风情万种❸，我们可以去一家意大利饭店，比如去罗曼诺意式餐厅❹，我可以理智地点菜，比如点三文鱼。约会时点三文鱼比较省事儿，因为上面没有调味汁，也不能点面条，因为约会时吃面条是不可能的，满嘴都是调味汁的样子很蠢。瑞恩很可能要点牛排，因为他是个高大帅啊。然后他就会开车送我回来，然后在我下车之前，他会将手放在我的脖颈后面，那感觉将会美极了，我也知道下一步要发生什么。

他会探过身来，❺我会让他亲吻下我的嘴唇。轻轻的、干脆利落的一吻。接着他会说：“我过得非常愉快，哈珀。”我仅是莞尔一笑。我什么也不用说！我不用说：“我也很愉快。”我仅是面露微笑，也许可以卖弄些风情，咬住下嘴唇，这样他就会想，“她过得愉快吗？她喜欢我吗？她是谁？？”

---

❶ 请你不要以为我彻底疯了。

❷ 我并非是谈性色变者，丽塔小姐，但是如果你在第一次约会时做得太多的话，男生们都会变得恶心起来。

❸ 意思就是说闷骚但不淫荡。

❹ 在圣路易斯有两家意大利饭店。其中一家肮脏不堪，另一家比较体面。很明显，我们要去体面的那家饭店。

❺ 不过我要静止不动，否则我会显得淫荡。

第二次约会：

瑞恩会把我请到他的家里和他的朋友们认识。❶那将是一个星期日的下午。我将坐在沙发上，男生们打电子游戏、喝蓝带啤酒。❷某个点上，瑞瑞会用他那甜美的小手拉住我的手，然后我们两人的手指就交织在了一起。当其中的一个室友开个愚蠢的玩笑时，瑞恩就会看向我，并且悄悄地翻下眼珠，然后我也悄悄地翻下眼珠。然后他就会问我愿不愿意出去走走，我们就手拉着手走到外面，感觉我们好与众不同噢，因为他的朋友们仍在打电子游戏，他们在想，我和瑞恩酷得不得了，因为我们的关系很私密，可以一起偷溜出去散步。这时，瑞恩会说这样的话："我真的喜欢你。"这次呢，我就做出回答。我会说："我也喜欢你，瑞恩。"❸

然后，我们散完步回到房间之后，就从他的朋友们身旁走过，上楼来到他的卧室。我的心会跳得飞快，因为我知道接下来将要发生什么。他会搂住我的腰，并探过身来吻我。然后我们就会倒在床上，互相亲吻爱抚。那感觉会美极了。然后我会让他握住我的乳房，❹但是要隔着衣服。接着他会试图将手伸进我的衬衣里，这时我就会说："也许下次吧，先生。"❺

第三次约会：

第三次约会就不会是约会了，丽塔小姐。那将是一次告别派

❶ 他很可能和几个男生合住在校外的某个破房子里。

❷ 都是绝对典型的男生。但很可爱，你懂的。

❸ 不过，我不会说："我真的喜欢你。"因为我仍然需要保持我的神秘性。否则我也成了一个下贱的婊子，那样的女人瑞恩到处可以找到。

❹ 很明显，男人对于摸胸有种强迫症。

❺ 看我说得棒不棒？？？

对。告别我的童贞！！！再见了，傻瓜！我会让瑞恩要我的。拥有我。我将是他的。发生的方式应该是，一天晚上瑞恩给我发短信：

瑞恩：做什么呢？

我：没做什么。闲着呢。

瑞恩：想过来吗？

我：好啊。

那将是极其浪漫的，丽塔小姐。我会蹑手蹑脚地溜出宿舍，经过死浪尼克床边，经过一无所知的保安，跑到瑞恩的房子。我接近他的房子时，会看到只有一盏灯亮着，那是楼上他卧室里的灯。瑞恩已经冲了淋浴，正在那里等待我的到来。

我会朝着他的窗子扔一颗小石子。他会走下楼来，我们就一句话也不说❶，手拉着手走进他的卧室。在卧室里，我们就会倒在床上开始亲吻爱抚。他会立刻将手伸进我的衬衣里，❷然后吻遍我的全身，丽塔小姐！

当瑞恩在我上面时，他会呼吸急促地问我："我可以进入你吗，哈珀？"我也会呼吸急促地说："允许了，瑞恩。"

然后他就要了我，历经好几个小时，直到我的血染红了他的床单，但是他不管那些，第二天我们会一起去洗的，会一起把我的处女膜擦得干干净净。

这样，瑞恩和我如胶似漆地甜蜜了几个星期之后，我会告诉他，我有一阵子没来大姨妈了，我在想这是不是正常。瑞恩就会拉起我的手说："哈珀，这是我的计划。我要和你有个家庭！"

然后我们就搬到了一起住。我会甩掉死浪尼克，瑞恩甩掉他

---

❶ 不需要再说什么了。

---

❷ 这次我会让他这么做的。说话要算数。

那几个愚蠢的室友，我们就在学校外面找一所舒适的房子来养儿育女。毕业之后，我专事家务抚养孩子，瑞恩会在公司里一路晋升到高层。❶

噢，丽塔小姐，那将多么美妙啊！我的一生就圆满了！

这一切都是真的该有多好啊！真正发生的却是这样的：

下课之后，我走到他面前❷对他说：

我：嗨，瑞恩。

瑞恩：（他看我的样子好像不认识我）嗨……（很显然没有记住我的名字）

我：哈珀……

瑞恩：对了，哈珀。

我：课后你有什么事情吗？

瑞恩：你是说现在？

我：哦，是的，现在。（我风情万种地一笑）我想是现在。

瑞恩：我得去接我女友下班了。有什么事儿吗？

我：噢，没事儿。祝你愉快。再见。（走开）

一场戏的结尾。❸

❶ 我知道你在想什么——这不是二十世纪五十年代了，哈珀。但是丽塔小姐，我是个传统派。我要和瑞恩过上一种传统的生活。我不在乎这样做会让别人说我没有上进心。我想和他过上一种正常的、普通的家庭生活。是的，我还要房子周围装有白色尖桩栅栏！是的，我想要2.5这个理想数目的孩子！我想要SUV，要洗衣机、烘干机，要在感恩节的火鸡上浇肉汁！我不在乎这样做我会变得老派。我想让我们的孩子知道他们的母亲，我想让瑞恩感觉家庭美满，事业有成。对不起，格洛丽亚·斯坦奈姆，伟大的美国女权主义者。对不起了。:(

❷ 在我的脑子里，我们已经结婚了，所以对他来说我看上去一定很怪。比如我的表情一定很像个家庭主妇，从屋子里跑出来迎接她结婚多年的丈夫，而他的表情则像是一个刚从经济学课下课出来的孩子遇到了一个疯狂的陌生人。

❸ 也是生命的结束！就这样，我的生命结束了。一切都结束了。我的黄油瞬间变成了一支枪！

噢，丽——塔——小姐啊！！！我感觉真是愚蠢极了！我在想什么呢？我羞得真想钻地缝里去。我不知道我脑子里都在想些什么鬼东西。他甚至没有记住我的名字，丽塔小姐！对于他来说，我什么也不是。什么也不是。他还有女友！

我处在整个人生中的最低潮了，丽塔小姐。我真希望死了算了。真的想死。比如那种因病而死躺在棺木里腐烂的样子。

正当我想回到宿舍里用自杀的方式来结束我的生命时，一阵感觉向我袭来。那是一种怪异的新的感觉。

当瑞恩转身走开时，我开始意识到，我其实并不想和他在一起。❶

我开始注意到他身上的所有其他东西，这让我感觉到不和他在一起真的让我如释重负。首先，他的穿戴简直就像一个少年流浪汉。他的裤子从腰部往下都是松松垮垮。❷他额头上的发际线已经开始向后移❸，所以他在头发上涂抹了定型发胶，将头发向前梳了。你在戏弄谁呢，瑞恩？你将成为一个秃头傻逼，你还将胖得像头蠢猪，因为当你的头发彻底掉没了时，你就会变得奇丑无比，没人会喜欢要你了，你只能是饕餮，最后变成死胖子。

真不敢相信我竟然几乎向他投怀送抱。不敢相信我几乎把我的童贞献给这个肥胖的变态的秃头的垃圾！

还有，他的女友在“工作”？她多大年龄？她很可能有六十了，像他妈的一个老奶奶，穿着肥大的短衬裤，这个蓄着脏辫、腋窝有毛的老嬉皮士，她这一生中不知道要过了多少个男人。瑞恩呢，他那根生殖器上很可能有性病病毒。我应该提

---

❶ 我躲过了一颗致命的子弹。

❷ 我猜那裤子他是从可以穿越时光的店里买的！

❸ 哈哈哈哈哈！！！他将秃得不剩一根头发！

醒他的女友，但是她很可能已经知道了，因为她就是一个婊子，她知道性病是她传染给他的。“我得去接我女友下班了。”这句话的意思很可能是他要去逛妓院了。❶

一旦我意识到，作为生活伴侣瑞恩该有多么糟糕，我真的感觉好多了。我的全身都放松了下来，我想事先让我在脑海里和他生活了一生，这该有多么幸运啊，因为如果在现实生活中和“瑞恩”在一起，那该是多么煎熬。

因为事实是这样的，丽塔小姐，有些人命里注定就是永远孤独一生，因为他们太令人厌恶而没有人会爱上他们，但我却是命里注定要孤独一生，那是因为我与众不同而且思想独立。❷

丽塔小姐，我猜这就是人们所说的成长吧。❸我终于意识到了我是谁。

我是一个女人。

听我咆哮。❹

心智一体的，

哈珀·雅布隆斯基❺

---

❶ 因为他的女友很可能就是一只鸡。

❷ 而且我不需要一个男人来圆满我的一生。对不起了，男士们。但是我一个人过得很好。我知道我是谁，知道我需要什么，如果这样就把人们吓跑了，那我对不起了。我强烈的独立意识。我强大的意志力。我将像埃莉诺·罗斯福或者贾妮思·乔普林那样，成为一个强大的单身女性。我将过独身生活，不会和什么留着平头、带有口臭的同性恋在一起，而是像一个拥有自己身体的美丽女人那样活着。我不需要一个男人来告诉我能做什么、不能做什么。尤其不需要像瑞恩那样落伍的、困在时间隧道里的野兽来告诉我。

❸ 是往好的方向长。不是往胖里长。

❹ 不是真咆哮。那会不雅。

❺ 你可以确信我永远不会改名字的！甚至中间都不加连字符。我不会因为男人而做出任何妥协！

10月18日

亲爱的丽塔小姐：

有时候，有些事情显得糟糕透顶，但是如果你从另一个角度来看待它们，其实情形并不是那么糟糕。❶

这个星期我经历了一个很怪异的夜晚，这使我对自己的生活和我的父母做了很多的思考，也让我想到了我长大之后要做什么。❷

好了，事情的经过是这样的：

死浪尼克和我星期三都没有课，❸所以我们闲着没事就宅在宿舍里。❹死浪尼克让我看了一段蟒蛇整吞鳄鱼的极其恶心的视频。画面尽管恶心，我的眼睛却鬼使神差地往屏幕上看。

那段视频即将看完时，传来了敲门声。是那种愚蠢的敲门声，就像你用一种滑稽的节拍敲了几下子，然后等待别人来完成这个节拍似的。

死浪尼克去开门，门外站着两个丑毙了的老家伙，像白痴那样露着牙齿在微笑。死浪尼克尖声叫道："噢，我的上帝，你们这些家伙到这儿来做什么？"

那两个丑家伙说："我们想给你个惊喜，领你去吃晚餐！"

接着，这三个丑胖子就手拉着手在屋里蹦蹦跳跳起来。

这时我才意识到，他们就是死浪尼克的爸爸妈妈。

---

❶ 你知道吗？

❷ 如果你仔细想一下，其实这个阶段很快就要到来了。不过，处在我这个年龄时，你应该很难想到自己会变老的，对吧？

❸ 实际上，死浪尼克从来都没有课（懂了吗？因为她是个婊子）。

❹ 这里我应该声明一下，死浪尼克最近的行为都是很可以接受的。我们实际上开始相处了，而且感觉她也不怎么变态了。

她爸爸的样子很像著名罐头品牌上的那个博伊纳迪大厨，可是人家那个大厨却没有他丑，也不是犹太人，而且人家还戴着大厨的帽子。她妈妈的样子很像死浪尼克，如果死浪尼克继续胖下去，变得更丑些，并且一生都不做出任何正确的行动的话。

死浪尼克把我介绍给了他们："这是我的朋友哈珀。"❶

我和死浪尼克夫妇握了握手，她爸爸咧嘴大笑说："难道这就是著名的哈珀吗！"她妈妈说："我们听过很多关于你的事情呢！"

我只是说了句："好吧。"因为我不知道她是什么意思，因为她并没有说"我听到了很多好的事情"或者"坏的事情"。她只是说了"事情"。

然后死浪尼克就问，我是否可以和他们一起去吃晚餐，她爸爸就说："当然了！"然后他又用一种类似吸血鬼似的愚蠢声音说："我们是来请你们两人一起去吃饭的！哇哈哈！"

接着死浪尼克就尖叫了一声，拥抱着她的父母说："我太激动了！"

当我们上了死浪尼克父母的车之后，她爸爸说："吉尔和我想到一个好地方，叫作'橄榄园'，你们觉得怎么样？"

死浪尼克喊道："耶！"❷还做了几下舞蹈动作。

在开往饭店的路上，他们三个人都在同时说话，都激动得要命，好像他们有好几年没见面了似的。我真想恨他们，但是此刻我更想和我的父母在一起，而且让我感觉失望的是，我的父母从来不想给我什么惊喜。❸他们询问死浪尼克上课的情况，知道她所有教授的名字，而且对她的功课情况了如指掌。这真是邪了门

❶ 好吧，我知道这听起来没什么了不起的，但是她介绍的是朋友而不是室友，这可让我感觉非常好啊，丽塔小姐，因为"朋友"是你的选择，而"室友"是没办法选择的。

❷ 犹如他们问她是否喜欢赢得一张彩票。不过我想，对于死浪尼克一家人来说，食品就像赢得彩票一样富有魅力。

❸ 好吧，我的父母住得离学校太远了，但是，即使学校离得很近，他们也从不想着给我个什么惊喜。我父母从来不搞什么有趣的乐子，不率性而为，也不搞什么滑稽的场面，如果做，那也要显示出他们有多么地了不起，你懂吗？

儿了。我的父母甚至连我选什么课程都不问。

在橄榄园，我们得等桌，他们给了我们一个小小的震动棒，❶好让我们知道什么时候有桌子。

我们在等桌时，死浪尼克一家人大谈特谈他们在这家饭店吃饭是如何如何地高兴，比如，“真等不及要来一口他们的肉酱意面！”或者“我想我们该点比萨饼坯。知道吗，是为这桌点的。”❷

这时死浪尼克说：“你们知道我最喜欢吃的是什么，对不对？”

接着她父母就异口同声地说：“无数根面包棒！”

接着死浪尼克就像肥猪高兴那样尖叫起来。❸

然后他们问我想吃什么，我不知道该怎么回答，因为我不像他们那样熟悉菜单，所以我就说：“噢，我想我不太喜欢意大利餐。”我不知道我为什么要那么说，丽塔小姐，其实我很喜欢意大利餐。我就是紧张，所以就脱口而出了。

她父母有些失望地看着我说：“你想再换一家饭店吗，哈珀？”我应该说：“不了，这里很好。其实我很喜欢意大利餐。”但是我说出口的却是：“好的。”

幸运的是，那个小震动棒这时候嗡嗡地响了起来，我们的桌子准备好了，所以她爸爸就说：“哦，这次我们先在橄榄园吃，下次我们让你来挑选饭店。”当时我就想，他们真的很好，因为那意思就是说，尽管今天晚上我扫了他们的兴致，他们下次还想让我和他们一起去吃饭。❹

丽塔小姐，我得说，和死浪尼克一家人一起吃饭真是很棒的经历。他们一家人都很有趣，而且他们谈话时总是不忘了把我也

---

❶ 那就是死浪尼克最接近约会的东西了。

❷ 是啊，将吃掉所有食物的责任都归咎于桌子喽。

❸ 我在想，死浪尼克一家人再点上无数根面包棒，会让橄榄园破产的。

❹ 橄榄园的前厅有块牌子，上面写着“来到这里就是一家人了”。所以我想，既然我已经来了，我就是他们家的一员了。这让我感觉很好，尽管我不想成为他们家的一员，因为如果那样，就意味着我很可能要变胖和变丑了。

加进去。她爸爸描述了他骑车去阿曼门诺派地区的经历，说还在阿曼门诺派人家的房子里住了一个晚上。她妈妈谈起了她的读书俱乐部，她描述的方式很有趣，好像那是一个少年读书俱乐部，还说这让她想起了当年上高中英语课的情形，很容易激动过头的班上同学们彼此争论。

我的父母相互间很少谈话，也从来不做什么有趣的事情。我爸爸每天晚上下班回家都很晚。如果妈妈或者我问他这一天怎么样，他就说："现在请不要谈这个问题好吗？"我妈妈没有她真正喜欢的朋友，也从不想加入什么读书俱乐部，因为那样她就得读书，可她就是不愿意读书。

但是死浪尼克一家人看上去却非常快乐，看他们这样让我感觉很奇怪。我父母和生人在一起时总是装作很幸福的样子，但是很明显，他们是在装。可是死浪尼克一家人看上去对自己的生活很有幸福感，对互相的存在也感觉幸福。我想我从来没有意识到这种事情竟然是可能的。❶

他们还问了我一些问题，比如问我是否喜欢这个学校，我的回答是不喜欢，然后他们就告诉我，"第一年总是最难的，先别太担心现在喜不喜欢。"给人这种忠告听起来很怪，但是却让我对学校的感觉变得轻松了。❷

丽塔小姐，这顿晚餐的经历真是太棒了，我觉得我也是死浪尼克的家里人了。我们吃了甜食❸，喝了咖啡，最后死浪尼克夫妇付了账，并感谢我们过来和他们一起吃饭："今天晚上有你们

---

❶ 但是，尽管他们人都很好，可是看他们吃饭的样子还是有些恶心。我不知道你有没有去过什么农场，丽塔小姐，在农场，你能看到肥猪从槽子里吃食，吃完就地一滚，滚一身自己的屎尿，看死浪尼克一家人吃意大利面条就是这个效果。

❷ 当我告诉我妈妈我讨厌学校时，她说："我们花了那么多的钱供你上学，你最好开始喜欢这个学校。"我心里回答的是："别跟我扯淡了，妈妈！"

❸ 为这桌点的提拉米苏蛋糕和奶油甜馅儿煎饼卷。

两个女孩儿陪我们吃饭，太感谢你们了。我们太开心了！”

丽塔小姐，在回宿舍的路上，我不是开玩笑，我一路上都在说话！我真不敢相信！在别人面前我通常是不说话的，因为我特别害怕我说出了什么愚蠢的话，或者说了连我自己都不懂的话，然后人家一问我可我却不知道怎么回答。但是这次我却刹不住闸了。我把我的一切都告诉了死浪尼克一家，甚至还告诉了他们连我自己都没有想过的问题，比如将来我要从事什么职业等等。❶我甚至把你也告诉了他们，丽塔小姐。❷

他们把我们送回了宿舍，轮流拥抱了我们两个人，然后她爸爸对我说：“很高兴你能照顾我女儿。”我不能相信这话。是我在照顾她？我甚至不知道他们说这话是否是认真的，但是却让我感觉非常好。我从来没有照顾过谁，可是突然间，我却照顾了死浪尼克！这让我觉得我好像是个成年人了。让我感觉自己很重要。感觉我被需要了。

死浪尼克和我回到了我们的宿舍，而我脸上的笑容仍然没有收。我想冲个淋浴，把我头发上橄榄园的味道冲洗掉，❸但是我想我该先客气地问下死浪尼克是否想先冲个澡。所以我就问了。她就回答说：“好啊，谢谢你问我，哈普！”❹

死浪尼克拿上浴巾、香皂和牙刷，去淋浴间冲澡，我一个人在宿舍里面来回走了几圈。

我看了一遍我们两人共有的财产。我们的咖啡壶。我们的微

---

❶ 我告诉他们我将来要从事“时装”业，因为我之前从未想过这个问题，因此我很紧张，我觉得这个职业听起来很好。

❷ 但是我只说了我在高中有一个“良师益友”。他们说：“听起来你这位良师益友给予了你不少鼓励。”不赖吧，嗯？

❸ 用便宜的意大利红酱拌的宽面条。

❹ 她管我叫哈普。我从前没有什么昵称，假如一个星期之前你问我是否想要个昵称，我会认为那很愚蠢呢，但是我真的喜欢“哈普”这个名字。

波炉。我们的小冰箱，中间还留有一道永远去不掉的咖啡渍。我们的烤面包机。我们那脏兮兮的垃圾箱。我们从一块钱店里买来的盘子和铝制叉子。我们的白色书写板，上面用荧光绿色笔划拉了几个字："咖啡壶坏了。"

接着我又看了看死浪尼克的东西。她的直发器。她的卷睫夹。她吃了一半儿的能多益牌巧克力酱。她去过的所有音乐会的票根。她的软木板，上面是家乡丑人的照片。

然后我又看了看我的东西。我的人类学课本。我的笔记本电脑，上面红色苹果的贴纸覆盖住了通常的苹果标识。我从家里带来的褪了色的安抚巾。我的"街舞大赛" XXL号T恤衫。我从好市多买来的散装食品。

这时我就想，如果死浪尼克更多地用我的东西我也许会高兴的。我的东西如果有她来分享，而不是仅仅由我自己来使用，那也许会让我感觉更快乐些。知道她吃我的拉面，而不是仅仅由我自己吃，那也许会让我感觉更快乐些。❶

这时我就开始思考起我自己的父母。我努力地以一种中立的观点来考虑他们。你懂吗？就像这样，以暂时不把自己看作他们女儿的方式来思考他们。犹如一个陌生人看待一件事物那样来考虑他们。我对他们真是愤怒不已。

他们知道我在这里非常孤独，可是他们却从来不做什么事情来让我感觉好些或者感觉被需要。当我问他们，这个学期他们能不能来看我时，我母亲说，他们认为我需要"在这头几个月的时间里独立地闯一闯"。❷可是，与死浪尼克一家人仅仅度过了一个夜晚，我所感觉到的爱和家庭归属感就超过了我与我自己父母

❶ 我知道这话听起来有些怪怪的，或者说不符合逻辑，你看，"别人把我的拉面吃了我怎么能快乐呢？" 但是知道死浪尼克快乐，这让我感觉也快乐，我真的是这么想的。很怪。

❷ 这个意思就是他们不来看我。

所度过的十八年时间。

死浪尼克冲完淋浴出来时头上裹着一条毛巾，样子很像一个穆斯林男人。[1]她全身都被热水洗得一块块地通红。我立即感到了一丝尴尬，因为她看上去有些胖，而我觉得我有个胖室友是件丢人的事情，我还担心人们通过联想，会认为我也是个胖子。然后我又努力想起以那种方式思考问题是不厚道的，也很可能是不对的。

这时，死浪尼克说："咱们把那个蟒蛇的视频看完怎么样？"

我头脑中关于她胖的思绪戛然而止，人顿时变得兴奋起来。我把那段视频的事儿彻底给忘了。

死浪尼克打开电脑，之前暂停在了三分之二的地方。她按下了播放键：

视频太恶心了，丽塔小姐。那条蟒蛇吞下了整条鳄鱼，然后就撑得满满地蜿蜒爬走了。[2]这时我就想对这条蟒蛇恨起来，因为它吃了那条鳄鱼，但是我又想，"也许这不关我的事儿吧。"

我看了看死浪尼克，她也被恶心得够呛。我暗自好笑，因为我从蟒蛇的角度来看我们了：当我吞下这条鳄鱼蜿蜒爬走时，这两个女孩儿都做出了恶心的表情瞪着我看。

我也意识到，对于这条蟒蛇来说，死浪尼克和我也许没多大区别。

接着我又想，这条蟒蛇很可能以为我们两人是亲属关系呢。也许它想对了，也许死浪尼克和我就是亲属关系。

也许这就是生活：在不同的地方找到家人。比如说今年，死浪尼克和我就成了一家人。也许明年，我会有另一个室友，而那

---

[1] 这里含有种族主义意味吗？我不确信。她那样子真像。

[2] 真是怪异啊，你可以看到鳄鱼在蟒蛇体内的轮廓！

个室友也会是我的家人。

从某个方面来说，这个想法让我感觉非常孤独，但同时又真的不孤独。

因为这意味着，人人都可以是我的家人，但没有人会是永久的家人。

哦，除了你之外，丽塔小姐。

谢谢你!

爱你的，

哈普❶

---

❶ 只有你和死浪尼克可以这么称呼我。:)

11月7日

亲爱的丽塔小姐：

我本打算不给你写信了，因为我想我不该再给你带来烦恼了，但是却发生了一件绝对恐怖的事情，我不知道我是该报警还是买支枪或者别的。到目前为止，我还没有告诉任何别人，❶但是若让我埋藏在心里已经不可能了。

我想我也许被一个老师给性侵了。❷

我从头告诉你吧，这样你会知道事情的来龙去脉。

我选了一门人类学导读的课程，基本上是关于全世界各种不同的文化以及为什么这些文化很怪异❸的内容。给我们上课的教授是个年轻男子，一位非常渴望成为"酷"教授的男子。他穿着"酷"法兰绒衬衣、"酷"牛仔裤，而且长发垂肩。我想他也许是有点儿魅力，但是当他叫女学生们站起来发言的时候，她们都一副性高潮的样儿，这真他妈的烦人。❹

他的名字叫加勒特先生，但是因为我们相互通信，让我们暂时称呼他为多伊先生吧，万一将来需要上法庭或者起诉什么的。

上三堂课讲的是关于女性割礼，那是我一生中所听到的最恶心的事情。❺这说的是那些邪恶的非洲男人将可怜的非洲女人的

---

❶ 除了你之外。在我们想到解决办法之前，请替我保守秘密。

❷ 我不想让你害怕，但这是真的。是的。欢迎来到大学。

❸ 有人告诉我，这个词不合适。

❹ 我碰巧听到那个叫萨拉·斯坦的婊子说："我真想和他滚床单！"而且他总是叫萨拉发言。这太讨厌了。

❺ 这事儿你听说过吗？如果没有，你查阅一下，但是不要愤怒得呕吐。

阴道割掉。男人这么做是出于最恶心、最自私的原因：因为，当他们将自己那硕大的阴茎插进可怜女人那短小的被切割了的阴道里时会感觉更好。

男人们真他妈的太可怕了，丽塔小姐。他们的一切都是那么恶心，那么恐怖！在我与多伊先生“遇上”了之后，我真想把所有男人那可恶的阴茎都割下来，插进他们那愚蠢的眼窝里！❶

整个这一事件里最为混蛋的部分是，多伊先生竟然让我们写一篇为什么女性割礼是一件好事儿的论文！❷按照要求，我们要“结合”我们所学过的关于其他文化和特殊习俗的内容，来解释为什么切割女性的阴道是一件好事。我真不能相信啊！

当他问我们有没有问题时，我举起了手，萨拉·斯坦婊子也举起了手。我想要问的问题是，我们怎么能写一篇支持那个邪恶的狗屎观点的论文，但是多伊先生却叫了斯坦婊子发言，而没有叫我。这个溜须拍马的婊子就问：“论文的长度有要求吗，还是我们想写多少就写多少呢？”❸

多伊先生就说：“当然了，萨拉，只要把你的观点说清楚，你写多少都可以。”

这样，我就回到宿舍开始准备写这篇论文，可我一开始就认为我根本不应该写。

死浪尼克正在宿舍里看《贝奥武夫》。现在她和我相处得非常好，因为她不太那么像婊子了，而我的思想也开始变得更加“开明”了。❹

我就告诉死浪尼克我们要写一篇关于切割非洲女性阴道的风

❶ 我知道这太血腥了，但是我真想这么报复多伊先生。

❷ 是的，你没有看错。他要求我们写一篇关于全世界那件最邪恶的事情为什么是件好事儿的论文。

❸ 她应该问：“下课之后把沾在我鼻子上的你的屎擦干净得需要多长时间？”因为她就是个马屁精。

❹ 这得感谢你，丽塔小姐。

俗是件好事情的论文，她听完之后惊愕不已。她说她正看到格伦德尔的母亲为了给死去的儿子报仇，反复给贝奥武夫制造威胁，最终却被贝奥武夫所杀。贝奥武夫杀死了他敌人的母亲！这典型得令人难以置信。我就意识到，从古到今，所有男人，包括贝奥武夫、非洲男人、多伊先生，他们都他妈的是邪恶的混蛋！

我感觉非常矛盾。因为我必须要写这篇规定的作业论文，可是我也知道这么做是不对的。所以我就做了一点儿“自我反省”，这是高三那年你教给我做的。

经过自我反省之后我才意识到，我不能写这篇论文。

所以我就坐在电脑前，开始写我认为应该写的东西。我是这样写的：❶

在非洲的许多国家里，正在发生着这样一个普遍存在的问题，即“女性割礼”。对于女性割礼，也作“女性生殖器切割”“女性生殖器切除”，世界卫生组织给下的定义是，“部分或者全部切除女性外生殖器或者对女性生殖器官造成其他形式的伤害，所有这些做法并非出于医疗目的”（维基百科）。

我的人类学导读课老师加勒特先生，要求我写一篇为什么这是件好事情的论文。

但是我不能写。

因为这绝不是。

一件好事。

女性割礼是男性施加于女性的一种可恶的习俗，因为男人想让女人的阴道短小些，这样当他们进行性生活时他们的阴茎感觉会更好。如果有谁认为这个做法是好事，那他们

❶ 不好意思，我把整个论文都写进来了，但是了解背景故事很重要！

就错误得令人厌恶了。

迄今为止，男性已经控制了世界上所有的一切，长达数百年，不管是银行业，还是体育界，或者是汽车工业。现在该是发生变化的时候了。男性认为他们有阴茎，或者长得比女性高，他们就可以控制女性了。

女性割礼这一习俗现在必须终止，施以这种恶习的男性应该把自己的阴茎割下来，看看自己感觉怎么样。假如可能，我想飞到非洲把那里所有男人的阴茎都割掉。❶再将所有非洲人的阴茎都放在一个巨大的搅拌机里，让所有非洲男人都来看自己的阴茎被搅拌成一种血红的阴茎奶昔。然后我就逼着他们喝掉这种阴茎奶昔，直到他们呕吐不止，接着我还可能逼着他们吃掉他们吐出来的呕吐物。❷

但是因为非洲有各种疾病，我不能去那里，我将从圣路易斯开始，割掉所有对自己妻子施以家暴的男人的阴茎。割掉所有强奸犯和时刻在骚扰女性的酒吧招待的阴茎。

然后呢，反正我已经豁出去了，加勒特先生呢？我也要把你的阴茎割掉。我能看出你瞅班级里某些女生的眼神。你在利用你的权威调情，我看出来了。而你现在要求我们写这样一篇论文，这证明你支持那些为自己邪恶乐趣而割掉女性阴道的邪恶非洲帝国的男人们。

哦，猜猜看，男人们？猜猜看，加勒特先生？你们的时间到了！

这就是我的论文。我把论文读给了死浪尼克听，她认为我写

❶ 好吧，论文从这里开始有点儿疯狂了。

❷ 我不知道我在想什么，丽塔小姐。我知道我这个想法太恶心了。我想我是有点儿失去理智了！

的东西太令她惊奇了。她的原话是："哈珀，这是我所听到过的最震惊的内容。"

然后，第二天上午，我就把论文投进了多伊先生的信箱。

我们的人类学课是下周二，所以整个周末和星期一我都在思考多伊先生看到论文时会怎么想。我越想越兴奋。我感觉越来越自信，认为我写的东西不仅很明智，而且对全世界都是件好事情。❶

星期二，我像往常那样去上课，但是我心里却又紧张又兴奋，如同你在等着看谁被踢出《美国偶像》节目一样。多伊先生走进教室，好像什么事情也没有发生。我在想，他会不会连看都没有看那些论文呢？幸亏这时斯坦婊子举起了手问："今天我们的论文会发回来吗？"❷

多伊先生说："会的，论文我都看了并且打了分，等快下课的时候我发还给你们。顺便说一下，你们写得都非常好。"

我困惑不已。他怎么能够全看了又全部打分了，却对我的论文只字不提呢？

不管怎样，在课上他根本没有再谈"女性割礼"。他开始讲一堂新课，评述一部叫作《北方的纳努克》的愚蠢的纪录片，它描述的是关于一个爱斯基摩人撒谎上船的故事。

当这堂课即将结束时，多伊先生说："趁我还没忘，现在返还你们的论文。这星期你们写的东西有些确实很有意思。"

然后他就静静地递给我们论文，当他来到我的桌前时，他只是很随意地将论文放在了我的桌子上，犹如我根本没有写关于割掉他阴茎的这篇论文。我赶紧看第一页，上面没有任何评语。我快速翻到背面，上面留有一行小字："课后来见我。——加勒特先生。"

---

❶ 我最喜欢的名言之一就是："行为端正的女性很少创造历史。"我想我在创造点历史了。

---

❷ 我怀疑斯坦婊子没有写要割掉多伊先生的阴茎。

我不知道期待什么。我想他或许对我写的阴茎奶昔那句话有些愤怒，但是除此之外，我想我写的东西都是经过深思熟虑的。

等大家都离开了教室之后，我还留在座位上。

多伊先生走过来，坐在我旁边的座位上。我的心在疯狂地跳动。我不知道他是否会向我祝贺，还是会冲我怒吼或者别的什么的。

他开始说话了："是的，我看了你的论文，哈珀。"

我什么也没有说。他继续在说：

"我理解你对这个问题有一种强烈的情绪。很明显，它激起了你的许多感受，这是件好事儿。我很高兴你表达出来了。我认为你的某些语言表达有些过激，❶但是我高兴地看到你写的论文充满了激情。"

"那我得 A 了吧？"我问。

"很不幸，我得给你一个'未完成'。"

"为什么？"

然后他说："因为你没有做作业，哈珀。"接着他就开始说一些狗屁的东西，说什么尽管我不支持"女性割礼"这一习俗，我也必须"使用人类学的论点来写一篇带有理论分析性的文章"。

但是我开始真切地感到失望了。因为我知道这是怎么一回事儿了。归根结底就是因为他不喜欢我。所以上课时他才不叫我发言。所以他才从来都不和我有目光的接触。所以他才那么热衷于叫斯坦婊子和班里其他喜欢拍马屁的婊子们发言。

我可不能让他仅仅因为不喜欢我而给了我一个"未完成"就跟他算了。所以我就问他："上课的时候你为什么不叫我发言？"

他就说："我叫你发言比别的同学少，你这么认为是对的。但这是因为在讨论时你往往建设性不够，哈珀。❷你发表观点时

---

❶ 很可能是"搅拌机"那个词。

❷ 去你妈的，多伊先生！

喜欢大喊大叫，而不是深思熟虑地参加讨论。”

但我知道那是混蛋话，所以我就对他说：“我认为你不叫我发言，是因为你觉得我不够漂亮。”

他的样子有些吃惊。他说：“什么？”

我就直视着他的眼睛❶问他：“多伊先生，你认为我漂亮吗？”

你知道他说什么吗？“我认为你是个非常可爱的女孩儿，但是你需要学会如何控制自己的冲动，哈珀。”

我他妈就知道。*非常可爱的女孩儿*！突然间一切都云开雾散了。

多伊先生在暗恋我。所以他才不和我有眼神接触，所以他才总是和萨拉·斯坦调情。那是因为他认为萨拉·斯坦是一个没有吸引力的婊子，❷*而我才*是性感的。我他妈就知道！

我们谈完之后，他说谢谢我能留下来和他谈话，并要求我考虑重新写这篇论文。然后他有些尴尬地说：“祝你度过愉快的一周，哈珀。”

我十分困惑地走回宿舍。我脑子里转悠的都是些奇怪的想法。

我的意思是说，我确实觉得多伊先生很性感。他的样子那么睿智，那么信心满满，光是这点我就认为他很性感。他知识面那么宽，精力那么充沛，态度那么友好，很可能也很温柔和体贴。他很可能绝不会让任何人来切割她们的阴道，他很可能会非常和蔼可亲，根本不像那些非洲男人。我寻思着也许该和他做爱来失去我的童贞。❸他很可能知道所有做爱的技巧，因为他对各种文化、各种知识无所不知。

---

❶ 我不敢相信我竟是那么勇敢。

❷ 他那么想就对了。

❸ 我想我做爱很可能会很在行，因为我妈妈总说我有一个“舞蹈演员的身体”。

我知道这话听起来很疯狂，但是接下来我又开始想，也许我会意外地怀上他的孩子，然后我就永远地缠上他了，但却是以一种良好的方式，比如我们不得不奉子成婚。然后我们就可以尽情地做爱，因为我们结婚了。等我闭经不能再有孩子之后，我们就可以更尽情地做爱，因为不会再有机会怀孕或者染上艾滋病了。我们会结婚，组建一个幸福的家庭，他会教我世界知识，我们会同时作古，躺在同一口棺材里，因为那样更浪漫。❶

当我回到宿舍时，我把我和多伊先生的精彩会面经过全部都告诉了死浪尼克。但是死浪尼克根本不认为这很精彩。当我告诉她多伊先生说我是一个“可爱的女孩儿”时，她感到震惊。

她说：“哈珀，难道你不认为那有点儿奇怪吗？”

我就说：“不啊，那感觉真的很好。”接着我又告诉了死浪尼克我想和多伊先生上床的想法，而且认为他可能也想，因为他对我疯狂地暗恋着。死浪尼克的反应是更为震惊。

她说：“哈珀，我认为你应该举报这个家伙。我认为这构成了性骚扰。”

我对死浪尼克说，很可能你是嫉妒吧。但是死浪尼克说，举报老师的任何“过线”行为，这非常重要。

突然间，我感到十分难堪。如果多伊先生真的过线了怎么办呢？如果我真的成为性骚扰的牺牲品该怎么办呢？❷

丽塔小姐！

这时我变得超级尴尬起来。死浪尼克就问：“你没事儿吧，哈珀？你的脸全红了。”

❶ 好吧，我知道这些话听起来老套而疯狂，但是，丽塔小姐，我的脑子好像一分钟能够运转一百万英里似的！

❷ 好吧，我知道我没有被强奸或者怎么的，但是也许性骚扰是由“可爱的女孩儿”开始的，并且以我被绑缚在床柱上然后阴道被割掉而结尾的！

她说得很对。我用手摸了摸自己的双颊，脸很烫。我的耳朵也很烫，每当我变得非常紧张时，我的耳朵都是这种情形。

我不知道怎么办，丽塔小姐。现在我感觉自己非常肮脏。如果死浪尼克说对了，我确实被性骚扰了该怎么办？我该做什么？如果我举报了多伊先生，然后他被捕入狱了，我失去了和他结婚生子、失去了我第一次失去我童贞的机会，那该怎么办？我感觉我好像爱上了这个施暴者，这是这种关系中常发生的事情。❶

所有这些奇怪的东西同时都在我的脑子里转，我现在真的什么也想不下去了！

请帮帮我吧！

哈珀·雅布隆斯基

---

❶ 我可不想成为他们的统计数据。

11月23日

亲爱的丽塔小姐：

我给你写信是要告诉你，我再也不给你写信了。❶&❷

这一个星期对我来说非常奇怪。❸

首先，我要感谢你过来看我。当我第一眼看见你坐在我宿舍外面的长凳上时，我感到十分困惑。坦率地说，我最初并没有认出来你，因为你脸部有些发福，❹而且你还像老太太那样，把头发剪得很短。

然后，当你说“哈珀”时，我就看到了你的眼睛，它们根本没有改变。这真是奇怪，尽管一个人的脸部可能会变胖、变老，但眼睛却和从前一模一样。

当我意识到那是你的时候，丽塔小姐，一股热浪袭遍了我的全身，因为我突然间意识到，你是走了那么远的路来到圣路易斯，为的就是来看我。这让我感觉非常美好，感觉到了无比的爱。

而当我问你在这里做什么时，你说：“我就是觉得你需要个伴儿，哈珀。”我听到你说的这话真的想哭，因为你说得太好了，因为我知道你费尽了千辛万苦过来看我，却只想轻描淡写一句话带过。❺

---

❶ 这也许会让你高兴的。;-)

❷ 很讽刺，是吧？

❸ 好吧，我知道我总是这么说，但是这个星期确实是，尤其是，真的非常怪异。

❹ 对不起！但是你确实发福了。

❺ 这就如同人们捐献不留名一样。如果我去捐款，我一定会留下我的全名，这样人们就会知道我捐了款，但是如果你不留名，那岂不更好？

那让我情绪如此激动！所以我才一句话也没有和你说。因为我觉得，即便我就说一句话，我也会立刻哭泣不止，所以我就努力一句话也不说。

然后你建议我们去星巴克喝点咖啡，再“把事情谈一谈”，我当时不懂你是什么意思,但仅是因为能够和你在一起,我的感觉就好极了。

我知道这话听起来有些怪，但是在去星巴克的路上，我实际上已经开始把你看作我的母亲了。我不知道你是否能够看出来，但是我却时不时地偷看你的脸庞，看你和我是否有什么相似之处。❶

我甚至记不得在路上你说了些什么，因为每一个想法都在我的脑子里！我开始思忖你是如何来到圣路易斯这里的。思忖你得从纽约飞到这里，然后再租用一辆车，然后再住进旅店。我在想，你做的所有这一切都是为了我，这是多么令人惊叹啊，丽塔小姐。我想从来没有人对我这么好过。

当我们来到星巴克时，我特别期待我们的谈话。我感觉我好像是在做梦，因为有时候当我给你写信时，我在想象你一边看信一边点头，理解的同时又在发笑。❷

所以我在想，和你说话如同当着你的面给你写信一样，这个想法既怪异又十分美妙。

我在想象我们可以谈论的所有事情，想象就我生活中所发生的一切获得你的忠告，❸想象你如何化腐朽为神奇、把大事化小、小事化了，然后你再告诉我“你值得拥有快乐”，然后我们就四目相对，❹相视而

---

❶ 实际上真有相似之处。你额头上有很多黑头粉刺，而且开始有女性谢顶的迹象，但除此之外，我觉得我们两人完全有亲属关系。

❷ 不是笑话我，而是说感觉我在刻意地滑稽。:-)

❸ 比如如何努力结交更多的像我一样的朋友，或者如何努力失去我的童贞，或者如何应对古怪的老师，或者如何不憎恨我那混蛋父母。

❹ 但不是同性恋那种。

笑，然后我就回到宿舍死浪尼克那里，你回到纽约的家里，我们两个人都快乐无比。

但是，丽塔小姐，现在我必须要说，我有点儿认为，你脑子进水了，而且，我很抱歉地说，你还一脸贱兮兮的样儿。

你看，我真的在期待我们的谈话，但是我们刚一坐下端起咖啡，你就突然间变得一脸严肃，你看我的那种眼神好像我得了什么病似的。❶

然后，丽塔小姐，你接下来说的事情真的令我很生气。

比如当你说，我在信里所说的话让你觉得我"经常不稳定"，并建议我做一次"短暂的'人生休息'"，❷这时我就觉得你不再是我的朋友了。这种感觉如同你在评判我或者告诉我该怎么做，而不是听我来讲。

还有，当你说，我的上一封信真的"令人震惊"，因为你认为我在冤枉一名老师做出了可怕的事情。❸

所以我才感觉纳闷，你为什么打那么远来到圣路易斯，来告诉我说我愚蠢荒谬呢？❹

我知道我给你写的内容确实很疯狂，但是许多时候，我就是控制不住，因为那就是我脑子里的真切想法。有时候我脑子里会产生最疯狂的想法，用常规而轻松的词语很难表达这些想法。❺

---

❶ 好像我应该被可怜。

❷ 这话听起来好像你希望某人去自杀，或者去住精神病院。

❸ 很明显，我是不会举报他的，丽塔小姐。我他妈才不会傻到那种程度。

❹ 这时我再次想起了你的长途旅行，你住进旅馆，还租用汽车。不过我这次是以不同的方式想的，比如，你为什么不辞辛苦从远方来到这里，难道仅仅是为了来侮辱我吗？

❺ 比如，有时候我感到焦虑，感觉好像我想去死，于是我就告诉你："我不想活了，丽塔小姐！！！"这话对你来说好像我就要自杀了似的。但实际上我的意思是说，我想去死。那是我当时的真实想法，但那并不是说我真的要去自杀。你得学会更好地读懂字里行间的意思，丽塔小姐。

但那并不意味着我“不稳定”或者需要什么“人生休息”。

正是因为如此，我才一直没怎么说话。正是因为如此，我才只是点点头，一个人回到了我的宿舍。正是因为如此，我才连笑容都没有展露，也没有感谢你来看我。

所以。

我想，我们一段时间之内相互不写信很可能最好，因为，丽塔小姐，我认为我很可能是把你当作拐杖了。而我也知道，有时候没有拐杖是很艰难，尤其当你感觉你的双腿非常疼的时候，但是长期来看，那样更有好处。❶

还有，我认为从某些个角度看，你的看法也有局限性，丽塔小姐，所以我真的再也不需要你的忠告了。

好吧，希望你安全到家。

再见吧……

哈珀·雅布隆斯基

❶ 我告诉过你那次我必须得去柴火营吗？噢，我他妈的上帝啊，丽塔小姐！在六年级的时候，我们学校搞了一次为期一周的宿营活动。我从来没在外面宿过夜，更甭说去过一个星期的宿营生活了。很显然，一想到这个活动我就被吓得半死。在出发的头一天晚上，我精神崩溃了，求我妈妈别让我去柴火营！头一天晚上我就不停地祈祷我赶快病了吧，这样我就可以躲过去了。（事实上，我就是穿着所有的衣服上床睡觉的，希望半夜里热过头然后生病。结果我却浑身大汗并没有生病。）

好吧。第二天早上，妈妈开车送我到了学校，那里已经有一排校车等着将我们送到柴火营去生活一周。当我看到校车时我真他妈的吓坏了，因为那些车使得这次旅行成为了现实。

我上了校车，在后排找了个座位，努力地使自己不失控，但是若让我不哭那真是太难了。这时我隔着车窗看见妈妈走回自己的车子准备开车回家。她向我摆摆手，然后我就他妈的失控了。我终于崩溃了，在众目睽睽之下失声痛哭起来。

我简直丢人丢到家了，但是我就是止不住号哭。那场面就像是眼泪鼻涕为了捍卫民权，像潮水般从我的脸上喷射而出。我妈妈看到了我这个样子，立即转身来到了车上。

就这样，我在歇斯底里地号哭，我妈妈也来到了车上，所以你可以想象得到，那简直丢死人了。我妈妈走到了我所坐的车后排（车里所有的人都在看着我），对我说："天啊，哈珀。你怎么了？"我却不知道说什么，因为我想要说的是，"请把我带回家吧，妈妈！我可不能和这些人出去过一个星期！我们还没有开车呢，我已经想家想得要命了！求求你，别让我去那里了！"

但是我太慌乱了，结果从我嘴里说出来的却是，"妈妈，我忘了装洗发水了。"（这也是事实，但是那并不是我哭泣的原因。）妈妈就说："你可以用香皂来洗头发的。"我就说："真的吗？"妈妈又说："是的，先擦出泡沫，然后就像使用普通洗发水那样将泡沫抹在头发上。"我又说："那不是要把头发弄干了吗？"妈妈又说："哦，你不用天天使用它，一个星期是不会损坏你的头发的。"我就说："谢谢妈妈。"随之镇静了些。然后我妈妈就下了车。我也坐在了座位上。没有一个人和我说话。车里所有人都听到了这个号哭的女孩和她的妈妈之间关于使用香皂当作洗发水的奇怪对话，却没有一个人对此做出任何评论。为时三个小时的校车旅途一路都是静悄悄的。

但是在前往柴火营的校车旅途中，我的心里发生了变化，丽塔小姐。我变得镇定了，这并不是因为我妈妈来到了车上，也并不是因为我不担心没有洗发水洗头发。我之所以变得镇定，是因为我对这世界有新认识。我意识到我可以在这个世界生存下来了，我意识到我自己一个人也没有关系了。你明白吗？比如，我没有带洗发水，我却能够做些调整，使用我所带的东西。

而大多数时间里，我忘记了我具有这种力量，所以就变得疯狂，变得焦虑或者生气。

但是有时候，当我冲淋浴时，我就用香皂抹出来泡沫，把它当作洗发水来用（很显然，我之后又使用大量的护发素）。

所以呢，尽管我非常感谢你为我所做的一切，我还是认为，我最好还是在一段时间内自己的头发自己洗，自己的事情自己料理吧，即使是使用香皂我也得自己来洗。

五

约会

一位后性别主义思维模式的男士在酒吧试图勾搭一位女士

嗨，你喝得怎么样？我可以过来一下吗？我看到你独自一人在小酌，我就想，“那很好啊。”女人应该能够自己照顾自己。实际上，许多女性选择独善其身，因为现在的工资收入公平合理了，产假也延长了，我认为这是一个很重要且令人信服的趋势。

我注意到你买的酒即将喝完，所以我在寻思是否能够看到你再买一杯酒。我还想，我冒着鲁莽的风险，想问你是否可以给我买一杯。

你是做什么的呢？先别急着回答我，我并不期待那种言必谈工作的回答。我认为我们不应该被我们的职业所定义，尤其当那些职业都已经过时并且性别属性模式化了的时候。我的母亲是一位很可爱的人，但是我却因为小时候她没给我买简易烤箱玩具而怨恨她。我小时候就非常崇拜尼尔·阿姆斯特朗和吉米·卡特之类的男流氓。啊，是的，我在娱乐与体育节目电视网工作，但是我却花更多的时间，比如说，徜徉在精神世界和克服困境中，这些要多于为那种千人一面的公司所工作的时间。假如说让我选择一个生活伴侣，比如你，或是今晚这里的另外一个人，我会十分高兴地告诉那个众所周知的“男人”，我不干了，这样我就可以培养我们的孩子中性化的业余爱好，而我的生物意义上的女性伴侣则继续追求她的爱好，不管那是她工作方面的爱好，还是娱乐方面的爱好，或者，哦，是的，她甚至可以和另一个伴侣有性关系。

噢，看我是多么不擅交际啊！我一直在喋喋不休地光顾自己说了，就像某些说起话来没完没了的小男生小女生。我甚至还没有正式地介绍我自己呢。尽管，人们往往会有那种不自在的感觉，即在男权社会，男人无须争取就成为社交主角，由此导致了一套人为的且终将有破坏性的事件发展顺序。我叫特里，最后一个字母“i”上面是一颗心而不是一个点儿哦。这就是说，我有一颗心，而且我并不害怕公开表露我的心。

所以，你认为怎么样？你可以接受我的建议为我买一杯酒吗？

如果你答应，那可是棒极了。当然，如果你愿意继续静静地坐在这里，用你那种魅力无比的眼神盯着我，那当然也没问题。不过你的眼神打破了性别的概念，而且令我感到有些害怕。

你说什么？我该回去操我自己去？我同意！男人是应该更有自我繁殖能力的！感谢你那机敏的断言。当男人从生理学的角度讲注定害怕做出承诺时，为什么完全要由女人来承担生孩子的重任？那是反直觉的，有辱社会的。

啊，那啤酒真是清爽！谢谢你在这个温暖的夏日夜晚将啤酒泼在我的脸上。

好啦，好啦！我走了！

谢谢你这么断然地拒绝了我。这得需要很多勇气啊，毫无疑问，你的勇气不亚于任何别人。现在，请原谅，我得去一趟卫生间，在隔间里静静地哭一会儿，质疑我的身体，给我妈妈发短信，但是此时此刻，我要感谢你的时间，因为你的时间和我的时间具有同样的价值。

一位后性别主义思维模式的女士在酒吧试图勾搭一位男士

嗨，你喝得怎么样？别，别站起来；我站着就行。

我看见你独自一人坐在这里喝酒，我就想，“多么令人伤心啊。不该让一个男人在这里独自饮酒。男人要遵从无法实现的大男子主义的思想，而使这种思想得以维持的就是男权至上和过时的男性生殖器崇拜的思维模式，这样的社会压力够艰难啊。”

我注意到你即将喝完那杯酒，所以就在想，我是否可以给你买一杯。我在这里可以记账。他们都知道我。我酒量很大。

这晚上我一直在灌“爱尔兰汽车炸弹”鸡尾酒，但是如果你愿意我可以改喝“宇宙”葡萄酒。

实际上，对于我来说，现在改喝“宇宙”是个更好的选择。这并不是因为我喜欢它粉红的颜色和精巧的柠檬皮，而是因为它的酒精含量比较低，明天一大早我这个首席执行官还有活儿呢。

我不知道你明天上午的时间怎么安排，也许给上学的孩子装午餐盒，也许给产妇接生，但是我必须要6：30起床。我主要是为了去健身房。这并非是因为我非得想保持女性紧致的身材，而是因为在公司管理的游戏中，早上的肾上腺素直往我头上涌。那里犹如一个雷区，而健身房可以把我变成一辆情感的坦克车。

我很可能该说明一下，我接近你唯一的目的就是想和你上床。最理想就是今天晚上。从酒吧的另一侧我就开始关注你的身材，并且认为，我不管你是什么人格，我就是想和你上床。我知道我们刚刚认识，但是我喜欢让一个陌生人插我，因为这不需要什么感情上的承诺。就算我很陈腐老套吧。

噢，看我是多么不擅于交际啊！我一直在啰里啰唆地说个不停，好像我是滔滔不绝的传教士加尔文。我甚至还没有正式地介绍我自己呢。我名叫特里，在最后一个字母“i”上面是一个美元符号。那就是说，我不害怕赚钱，尤其是靠我的体力和智商来赚钱，我更不害怕。

那你看怎么样？你接受我的建议让我替你买一杯酒吗？不接受？那么我们上床的建议呢？我们可以去我那里，尽管此刻那里很脏。我的地方其实更像是一块缓冲垫。对于我和我的装满了国产啤酒的匹兹堡钢人职业美式橄榄球队主题的小冰箱来说，那里只是一个着陆点。

你说什么？我在骚扰你？多么可怕。你甚至很可能不会报警的。事情往往都是这样，男人不会因为骚扰或者虐待而报警，因为这与那种陈腐和虚伪的阳刚之气和男性的骄傲感相矛盾。但尽快将一个女性的侵略性行为报告给当局却非常重要。友好地拍拍肩膀变成了不那么好玩儿的碰触，继而又演变成凌晨三点将一个男人推搡到两段楼梯台阶下。

我只是在说：女人是危险的。

别，别！别叫酒吧招待过来，他一整天都不得闲。我离开好了。

别，别！不用替我开门，我完全可以自己出去。

也不用替我担心。我这就回家，吃顿冷冻快餐，然后就穿着松垮的睡衣上床睡觉。但是现在，我要谢谢你的时间，你时间的价值大概相当于我时间价值的三分之二。

一位服了迷幻药的男士在酒吧试图勾搭一位女士

嗨，你喝得怎么样？我可以过来坐吗？我看见你一个人在这里独自饮酒，我就开始哭了。从某个方面来说，我们都是孤独的，但在酒吧里面孤独，这个专门为遇见其他人类——人是个什么东西？我们只不过是碳为基础的光的折射物——而设计的地方孤独，就尤其让人不安了。你要不要口香糖？我还有四块。

你在等人吗？在酒吧里去接近一个人却发现他在等待别人，这总是令人尴尬。我今天晚上也在等待一个人，可是她却从没有来过。我说的是我的母亲，我七岁的时候，她死于一场车祸。

她并没有真死。我刚才对你撒谎了，因为我不接受她已经死了的事实。这就像熊猫幼崽被科学家从其母亲那里给生生地隔离开了。而我就是熊猫幼崽，我母亲是熊猫母亲，科学家就是我母亲的故障刹车片。你看过棒球赛吗？你会生火吗？我会在野外死掉的！你要嚼口香糖吗？还剩三块呢。

怎么样，想和我出去吗？开个玩笑，我们已经在这里了。我们出来了。出来是什么意思？我们都是碳基的！你想和我上床吗，其实这是我想问你的。你想吗？我是说，当然不在这里了，那我也太笨了，而且我母亲随时可能会走进来，我们可以去我的公寓房。我那儿气味儿不太好，因为我为了节约水很少冲厕所。但是在我来这里之前我却冲了，因为我期待遇见像你这样的人，怕你闻到那种气味而感到恶心。就剩两块口香糖了！这块口香糖也没有多少了！再过一百年，我们都得死光了！

你在喝什么？真是奇怪哈，人们在这种地方饮酒，这样他们就可以相互谈话了。酒就是毒药，你知道。所有的酒都是毒药，都是用腐烂的水果和蔬菜酿制出来的。难道这不奇怪吗？喝完我们就进到自己的车里，开车回家！你看这个主意棒不棒：嗨，让我坐在这个玻璃和金属构成的死亡笼子里，以每小时六十英里的速度在黑暗中开车！好像我没有需要我照顾的儿子似的！

顺便说一下，你的眼睛真漂亮。出于某种原因，你双眸里闪烁着的蓝绿色流波很吸引我。我也喜欢你的身材。你的乳沟引起我肉欲的兴奋，虽然这不能持续下去。你短裙下面的这双美腿让我感觉你很急切地要与人上床，我也是如此。尽管我知道你基本上是碳基的，我们的化学物质大多数也相同，而且我们都是宇宙中光的折射物，可我还是想和你上床。而且，尽管我知道你和酒吧远端的那个上牙有点儿外凸的女人基因几乎相同，可我还是更喜欢和你上床。

你说什么？你的男友刚来？噢，是的，我明白了为什么你更喜欢和他约会。他长得比我好看。我为自己的身材感到羞愧。我的胸骨长得很怪异，他的样子要好看多了。他会野外生火吗？他想不想要我这最后一块口香糖？

啊，好爽！你把啤酒泼在我脸上的感觉简直太令我兴奋了！谢谢你在这么晚的时刻激活了我的神经系统。

哎呀！谢谢你为了保护你的女友免受我的流氓骚扰给我一拳。我的血都涌到了我的脸上，来拼命缓解这阵疼痛，我的前额皮质正在做深刻的记录，以后一定要避免遇到像你这样胸肌发达的碳基生命形式。

好的，好的！我这就走！

如果你们看见我的母亲，请告诉她我在卫生间里面擦脸护理伤口呢。还有，如果那个上牙外凸的女孩儿要离开，告诉她等我几分钟，因为我仍然想和她上床。晚安，夜晚只不过是地球挡住太阳而造成的一种主观幻觉。

一位为自己清醒而感到尴尬的终生禁酒者在酒吧里试图勾搭一位女士

嗨，你喝得怎么样？我可以过来一下吗？看见你独自一人在这里饮酒，我就想，“你好令我敬畏。我喜爱酒精。喜爱那东西。”

你在喝什么呢？就是没冰镇的酒？太酷了。我也喜欢这样喝酒。要喝就喝不加冰的酒。一仰脖子下肚。只要是酒精就这么喝，是吧？

我？我在慢慢地饮姜汁无酒精饮料呢。暴风雨之前的片刻宁静。就是说一场酒精的暴风雨之前。过一会儿我肯定要喝点儿酒的，就是在大喝一场之前打点儿基础。

是什么风把你吹到这里的呢？很可能因为这里酒的品种多样，对吗？他们这里什么酒都有，这很酷。这里的酒类数目繁多，我以前来这里总是感到无所适从，但现在我喝酒无度，可以品尝天下各种酒类。伏特加可能是我的最爱。但是我也喜欢朗姆酒，这种酒是用甘蔗酿制的，真是了不起。

是这样……

你看见那则新伏特加广告了吗？看样子那东西真的不错。也许会比从前的那个更烈一些，这是好事儿。祈盼好运，是吧？商业广告里面所有人看上去都很开心，他们是该开心，因为他们喝酒呢。广告结尾时，他们就说：“喝酒要负责任。”在我的世界里，这句话的意思就是“酒要天天喝！”

真棒……

我的容忍度现在极高。

我也做了一些研究，发现关于伏特加（这个词来源于古教会斯拉夫语对于“水”的昵称）的发明时期和地点有些争议。有人说它发明于九世纪的俄国，也有人说它发明于八世纪的波兰。我所知道的就是，当我开怀畅饮时，我就感觉充满了活力！正是，我一直都喝伏特加，我才不管它是什么时候发明的呢。其实我有时候想，假如它不存在的话，我都会把它发明出来。我是说，制作并不复杂，只不过是将一种碳水化合物捣烂，加上酵母，在沸锅里蒸馏，提取其中的甲醇，然后再过滤并加以稀释。当然了,最后剩下的就是最好的部分了：那就是美酒啊！

但是很显然，在苏联的共产主义时期，伏特加是配给的，那一定糟糕透了。我也会做点儿手脚走私酒的。你理解我的话哈！

是啊，我喜欢喝酒的历史可是很悠久了。很可能吸烟的历史也不短了，谁知道呢。我觉得我是十二岁的时候就染上了酒瘾。我就是喜欢喝醉的感觉，醉了也要喝。

有时候我喝得烂醉。

所以，你看怎么样？要不要去我那里我们一起继续喝酒？我可以向你展示我那个酒类周期表，那是一个大图表，我按照酒精含量排好了顺序，从淡苹果酒开始，一直到精馏酒精。

不去？没兴趣？那你看我们去一个公园喝酒怎么样？也不去？要不我们去你那里，我们边喝酒，边酝酿着上床。不过呢，你要注意啦，我要把酒洒在你身上，边做爱边喝光。这并非因为我觉得那种事情能引起性欲，而是因为，我不喜欢在任何时间或者任何活动中不以某种方式来消费美酒。

啊！谢谢你把酒泼在我脸上。这可以让我把酒摄入得更快些，因为你泼酒的速度和力度让酒更快进入我嘴里，远远超过了我按照传统方法喝酒的速度。不过，请原谅，我得跑一趟卫生间，因为我必须把这东西从我嘴里洗出来。我说“把这东西从我嘴里洗出来”，就是把我的上颚清洗干净，迎接更多的美酒！我就是爱酒啊！

但是在我离开之前，我再点最后一杯。嗨，招待！请再来一杯冰水！他知道我什么意思。“冰”是“伏特加”的代号，“水”是，你猜对了，“水”是“更多的伏特加”的代号。他会照顾我的。他是我朋友。因为我经常来这里喝酒。

祝你晚上愉快！只有饮酒，晚上才能更加愉快。这我已经做了，还打算继续这么做呢。

六

体育运动

NEW YORK

马弗·艾伯特是我的治疗师

我：你好，艾伯特医生。

马弗·艾伯特：今晚这里有季后赛的气氛啊！

我：哦，这个星期过得很艰难。我妈妈来看我了。

马弗·艾伯特：一定是从城里来的喽！

我：当然了，她一来就问我是否还和萨拉同居。

马弗·艾伯特：别让她干涉你！

我：就是啊。这不关她的事儿。

马弗·艾伯特：令人难以相信！

我：而且萨拉甚至都不接我的电话。

马弗·艾伯特：被甩了！

我：昨晚我给她打了十二次电话。

马弗·艾伯特：一打的电话！一个都没接！

我：我不知道我为什么要感到惊讶。我们有好几个月没有亲热了。

马弗·艾伯特：被挡在外围了。

我：是的。

马弗·艾伯特：插不进去了！

我：我想是的。

马弗·艾伯特：就是找不到洞口！

我：这话说得有点儿粗，不过是的。先不说她了。我又约了一个新的女孩儿，她叫贝基。

马弗·艾伯特：抢到了个篮板球！

我：她是饭店服务员。

马弗·艾伯特：又一个绝好的机会！

我：她刚走出离婚的困境。

马弗·艾伯特：篮下十拿九稳的进球！

我：她说她好几年没有和男人约会了。

马弗·艾伯特：无可置疑！

我：一切似乎都进展良好。我领她来到了我的公寓。

马弗·艾伯特：一场伟大的开始……

我：我们来到了床上……

马弗·艾伯特：高手！

我：谢谢，艾伯特医生，可是她突然感到了一阵恐惧，说了一些古怪的借口……

马弗·艾伯特：情绪的发泄！

我：是啊！

马弗·艾伯特：乱得一塌糊涂！

我：对啊。毫无缘由。

马弗·艾伯特：别无选择，只有犯规了！

我：什么？

马弗·艾伯特：你必须得犯规！

我：你的言外之意是？

马弗·艾伯特：球赛进展到生死存亡的时候了，你必须得犯规啊！

我：我决不愿意伤害她。

马弗·艾伯特：那么比赛就结束了。

我：是的，她披上外套跑出了屋子。

马弗·艾伯特：走步了！

我：于是我就在后面叫她！

马弗·艾伯特：吹她走步！

我：但是她不管我，任我一脸错愕——

马弗·艾伯特：无法挽回！

我：所以我试图追她回来。

马弗·艾伯特：试图拦截对方的突破过人！

我：但是她却嘭的一声把门摔我脸上了。

马弗·艾伯特：扣篮了！

我：所以我就独自一人站在我的公寓里——

马弗·艾伯特：让剩余的垃圾时间嘀嘀嗒嗒地走完！

我：当然了，接着我就想起了萨拉，再次感觉生活糟透了。

马弗·艾伯特：主场连续失利。

我：你认为我会最终忘记她吗？

马弗·艾伯特：现在我插一句我们赞助商的话。

我：什么？

马弗·艾伯特：去你们当地的汽车经销商那里看新款的福特SUV和福特Flex。

我：我现在还买不起汽车。

马弗·艾伯特：那是同类型中最好的。

我：我在班级里从来没有当过最好的学生。

马弗·艾伯特：最近你开过福特吗？

我：我不会开车。

马弗·艾伯特：我们又回到了原地！

我：我一直在这里坐着啊。

马弗·艾伯特：拒绝离开！

我：哦，我付了一小时的费。

马弗·艾伯特：我们要加时赛了！

我：是吗？

马弗·艾伯特：是的！

我：还要收费吗？

马弗·艾伯特：是的！

我：多少钱？

马弗·艾伯特：双倍。

我：双倍？

马弗·艾伯特：三倍。

我：三倍？

马弗·艾伯特：三倍乘二！

我：我的医保上说可以支付吗？

马弗·艾伯特：被拒了！

我：我猜到了。

马弗·艾伯特：你还可以再说一句！

我：艾伯特医生，我感觉我生无可恋了。

马弗·艾伯特：前景不看好！

我：有时候我觉得我真该从窗户那儿跳下去。

马弗·艾伯特：三秒弧顶区来一个跳投！

我：我觉得那是唯一的解决方法。

马弗·艾伯特：迅速地消失！

我：完全对！

马弗·艾伯特：一把匕首！

我：匕首？

马弗·艾伯特：直接从中间扎进去！

我：似乎有点儿血腥——

马弗·艾伯特：一颗子弹！

我：子弹？

马弗·艾伯特：精准的投篮！

我：很有诱惑力。

马弗·艾伯特：那是绝杀的一投！

我：竟会这么简单。

马弗·艾伯特：上帝也救不了了。

我：好吧，我来这个。

马弗·艾伯特：不能在我这里！

我：甚至不会有人想我。

马弗·艾伯特：人们很快就会遗忘你。

我：没有了我，这个世界会更好，是不，艾伯特医生？

马弗·艾伯特：是的！这就是关键！

在 YMCA* 的一场野球赛后，卡梅隆·安东尼和我分别给我们的朋友们做详细讲述

我：嗨，伙计们！对不起我来晚了。

卡梅隆·安东尼：嗨，伙计们。对不起我来晚了。

我：刚才发生了一件最令人惊奇的事情！

卡梅隆·安东尼：刚才发生了一件最让人讨厌的事情。

我：刚才我在 YMCA，只是在那儿投篮……

卡梅隆·安东尼：我又一次在那儿耽搁了。

我：……猜猜谁就在我旁边投篮？

卡梅隆·安东尼：有个麻秆儿白人公子哥紧挨着我在投篮外空心球呢。

我：卡梅隆·安东尼！就是甜瓜本人呐！我真不敢相信。我一直都是他的铁杆儿粉丝。

卡梅隆·安东尼：很可能是一年只看两场比赛的人，却称自己是什么铁杆儿粉丝。

我：我今年甚至还参加了这两场比赛。我就抑制住激动，保守好秘密，发挥了自己的水平。

卡梅隆·安东尼：他一直都在半场投球，可笑得要命，好引起我的注意。

我：我向他瞥了几眼。

卡梅隆·安东尼：他一直盯着我看。

---

* 即基督教青年会。

我：看他那样子是想找个伴儿。

卡梅隆·安东尼：我就想独自一人待着。

我：所以我就走到他跟前，对他这样说："嗨，甜瓜，咱们来打一下一对一吧。"

卡梅隆·安东尼：他差不多是这样说的（模仿失败者的声音）："噢……安东尼先生，我是你的铁杆儿粉丝。"

我：甜瓜是这样说的："你以为你能应付我吗？"

卡梅隆·安东尼：我是这么说的："我想我们可以先投一分钟的篮。"

我：我就说："来吧。"你相信我竟然说了那句话吗？"来吧。"

卡梅隆·安东尼：他说（模仿女孩儿的假嗓）："太谢谢您了，安东尼先生！我太荣幸了！我的朋友们绝不会相信的。"

我：我就建议我们光着上身打球。

卡梅隆·安东尼：我猜他认为我们要真的来一场比赛。

我：你知道的，万一有更多的人加入比赛呢。

卡梅隆·安东尼：还没等我来得及告诉他，我可不愿意裸着上身打球。

我：我就脱掉了T恤衫。

卡梅隆·安东尼：我都快吐了。

我：最近几个月我确实长了不少肌肉。腹肌练习我可是做得太多了。

卡梅隆·安东尼：他那样子简直就像萨莉·斯特拉瑟斯广告片里的少年一样。

我：我比较有型了。我真的以为他有些惊讶。

卡梅隆·安东尼：他的每一根肋骨都清晰

可辨，这太令人震惊。

我：所以我就把球准备好了。

卡梅隆·安东尼：我让他先发球。

我：我试图过他。

卡梅隆·安东尼：我想他在试图运球过我。

我：但是他很快。

卡梅隆·安东尼：其实我都没有动。

我：他就把我拦住了！

卡梅隆·安东尼：我只是抬起了手臂，他好像直接就撞上来了。

我：甜瓜说了句："我的地盘你休想逞凶！"

卡梅隆·安东尼：我想我向他道歉了。就像那种本能的反应。比如你踩上了猫咪的尾巴，你就会说："噢！对不起，猫咪！"

我：但是我们两人都处在良好状态。

卡梅隆·安东尼：当他在那里辗转腾挪地运球时，我终于看完了你发给我的那篇《经济学人》文章。

我：犹如我们是这个星球上唯一的两个人。

卡梅隆·安东尼：他们那么剥削尼加拉瓜的咖啡种植者，真是可恶。

我：我认为他有一段时间没有经过考验了。

卡梅隆·安东尼：所以我就决定把球给他。我们好赶紧结束。

我：但是我在内线过了他，做了一个漂亮的动作。

卡梅隆·安东尼：他不停地在胯下运球。

我：我做了个哈登式欧洲步，做了个朗多式不看人投球，做了个贾马尔·克劳福德式后撤步跳投。

卡梅隆·安东尼：但是球却从他的膝盖弹出了界外。真令人尴尬。

我：这让我信心爆棚！自从高中以来我还从没有这么打过球呢。

卡梅隆·安东尼：很明显，他从来没有和真人打过球。最糟糕的地方就是……

我：噢！最好的地方我倒忘了！

卡梅隆·安东尼：……附近有位教瑜伽的老师在上课，那篮球老是从她头顶上飞过！

我：我们附近有位教瑜伽的小妞，她一直盯着我看。

卡梅隆·安东尼：我能看出来，每次她把球送还给我们时，心里都想把这小子给宰了。

我：她完全被我迷住了，每次都把球送回给我……

卡梅隆·安东尼：接着他就开始恶毒话连篇了。你们听没听过一个麻秆儿白人公子哥讲恶毒话？

我：我们两人嘴里时不时地冒出些脏话。

卡梅隆·安东尼：这就好像看一只吉娃娃冲着消防栓狂吠。

我：我说道："看我把你这后娘养的红头发小子揍扁了！"

卡梅隆·安东尼：他说了些虐童的吓人话。

我：很显然，他被吓住了。

卡梅隆·安东尼：我真有点儿害怕了。他好像疯了。

我：于是我就说："希望你带来了烤面包，甜瓜，因为我要把果酱给你抹个遍！”

卡梅隆·安东尼：接着他就说了些恶心话。所以我干脆什么也不说了。

我：他无言以对！

卡梅隆·安东尼：人们开始注意起我们来了，所以我就说：“下一个球决定胜负。”

我：我想一定是把他给累了个够呛，因为他是这么说的：“对不起，兄弟，我只能再打一个球了。”

卡梅隆·安东尼：所以我就把球给了他。

我：我就抓住了球。

卡梅隆·安东尼：他就开始错误地运球。

我：我到了我最喜欢的投球点。

卡梅隆·安东尼：然后他就转身，从半场处将球投出。

我：我从五十码处发射了一颗子弹！

卡梅隆·安东尼：但是球根本没有朝篮筐的方向飞。

我：球直接飞向了那美丽的尼龙网。

卡梅隆·安东尼：我能看出来那球即将击在篮板上，然后再次砸向那位瑜伽女孩儿。

我：我敢说，那位瑜伽女孩儿正在看。

卡梅隆·安东尼：所以我做了一件任何有理智的人都会做的事情。

我：接着甜瓜就做出了最愚蠢的事情。

卡梅隆·安东尼：我跳起来抓住了球。

我：他干扰了我的投篮！

卡梅隆·安东尼：我轻轻地碰了一下球，将球送进了篮筐，赢了比赛，并且，坦率地说，救了那女孩儿的命。

我：他那样子就像他赢得了比赛！

卡梅隆·安东尼：但是这个家伙表现得像是他赢得了比赛！

我：但是我并不想冲他喊叫。我是说，这只不过是一场友谊赛。

卡梅隆·安东尼：你们知道，在 YMCA 训练总有那么点儿烦人，但这次却超过了我的容忍度。

我：我认为这有可能是一场激烈竞争的开始。

卡梅隆·安东尼：我只希望不再见到他。

我：这很有可能会成为我们之间的常态。

卡梅隆·安东尼：我出去的时候把我的会员卡退了。

我：正因为如此，纽约才是全世界最伟大的城市。

卡梅隆·安东尼：正因为如此，我得离开纽约。

我：你可以遇到最酷的人。

卡梅隆·安东尼：过来跟你搭讪的都是些最怪异的人。

我：但是我意识到的却是……

卡梅隆·安东尼：人人都可能是妄想狂并且危险。

我：……人人都和我一样正常。

一位婚姻顾问
试图在尼克斯队的一场比赛上发难

让我们为尼克斯队加油！！！同时，我们也要承认客队的积极进取精神！！！

加油，尼克斯！！但是请注意，我为尼克斯队加油，是因为我和这个球队同处一座城市，这种荣誉就像队员必须属于球队一样，很随机的！！！也就是说，假如我居住在客队的城市，我也会很容易为他们加油的！！！

甜瓜，你很烂❶！这种行为在某些文化中会受到敬畏的！比如亚诺玛米部落，他们就做出吮吸的动作来表明可以安全地通过附近的另一个部落！！！

裁判，你眼瞎了吗？！如果你眼瞎了，你竟然能够精确地执哨到了上一场，那可真令人惊奇了，因为位置的关系，我看得十分清楚，在我看来上一场比赛你可是吹错了！！！当然了，我是从外行人的角度来评论的，而由你来对刚发生的情况做充分的评估，要远比我合适多了！！我敬重你的技能和洞察力，而且，从某方面说，我看重你的错误执哨！我是说，你也是人，那样吹哨很正常！！要自我感觉良好，而且在这些时刻，一定要记住，你吹的哨子有很多是对的！！这个世界很复杂！

防守！防守！但同时也要进攻！进攻！我们可别忘了从进攻变成防守是多么快啊！这些结构常常处在变化中！！！

犯规了？你在逗我吧？！如果你是在逗我，那我只能说

---

❶ 原文为“you suck”，suck 本意为吮吸。

谢谢你了！大笑和讲笑话对健康有好处，可以用来传达那些用其他方法很难表达的信息！

别再像头蠢驴了，你一定是我所见到过的最灵活的人！！！

投三分球！！！这场比赛我要看加时赛！我知道这很难听到，但是我相信，你们两支队都有前途！！！眼下你们正处在比赛最激烈的阶段，你们被愤怒蒙住了双眼，这很正常，可以理解！坦率地说，假如你们不心烦意乱，我才会感到惊讶呢！伤口还没有愈合呢！

还有那么多公然犯规，简直！！还有许多失之交臂的良机！！！但是也有美好的时刻！奏国歌！跳球！半场表演！这些时刻美好，正确，而且真实！！只算那些糟糕的时刻而不算那些美好的时刻，同样是不负责任的！！！

事实上，希望你们两个队都赢，不管“得分”是多少！！“得分”算什么东西？！是按照球进入篮网多少次而武断分配的吗？！与你们一起克服困境的次数相比该有多么愚蠢！我们为什么不算这些次数呢？！比如说当出现无球犯规的情形时，大家都去抢这个球，反而把忠诚抛在了脑后？！那样就没有“球队”可言了！！也没有了自尊！有的只是一个大家都要争抢的球！

如果我们准备算“比分”，那为什么不算一算笑容？！或者算一算轻拍后背以示鼓励的次数呢？或者说算一算告诉别人“嗨，我懂了”的那些简单手势呢？

你说什么？我要被赶出赛场？！为什么？！我做什么了？！

我说话太多了？！我说话声音太大，影响了周围的人看球？！

哦，那完全可以理解！我们都在这里欣赏一场体育赛事，可是我却分散了大家的注意力，我的激情误导了别人，我的评论没完没了，我过细的分析与场上的体育精神相矛盾！！！

我完全明白你们这些人都是从哪儿来的，我自己离开好了！事实上，我感谢你们断然将我赶走！我觉得不该给我机会解释我的立场，因为我的行动已经表明，我对其他球迷，对这两支球队，对整个体育运动缺少尊重！！！

好了，好了，我走！！！

希望你们欣赏余下的比赛！！！预祝主队赢球！或者客队赢球！或者，如果可能的话，预祝两支队超越胜负这一虚幻的概念，都赢球！！！

七

自助

微笑诱使大脑以为心情很好

小时候妈妈告诉我，如果我伤心了，我就该强装出一副笑脸，因为这样就可以诱使我的大脑以为心情很好。

她说得真对。

现在，每当我感到伤心时，我就微笑，突然间，很神奇地，我就快乐了。

而且我还发现，这不仅仅局限于快乐。只要我让自己的表情符合我想要的，我就可以说服自己感觉的确如此。比如，当我累了时，我就做出一副充满活力的表情，就立刻感觉到一股旺盛的精力涌来。当我感觉饥饿时，我就把腮帮子吹鼓，犹如我刚刚吃了很多生日蛋糕一样，这时，我的大脑就会认为我已经撑得不行了！

上个月，我感到十分沮丧。我的未婚妻离我而去，投入了我老板的怀抱。老板使她怀上了孩子，并且炒了我的鱿鱼。不用说，我简直抑郁到了极点！那么我是怎么做的呢？对了，我就笑，尽管经过了几分钟时间，但我最终却感觉好些了。

但是，尽管我感觉好些了，可我还是有些问题。比如，丢了工作之后，我就不能支付房租了。但是我并没有戚戚自伤，或者卖命地寻找便宜的转租房，而是做出一副付完了房租的表情，尽管这种好的感觉并没有立即产生，但是我却开始感到我真的付了房租似的。你猜怎么着，我感觉真的好多了。我妈妈说得真对！那感觉好极了！

尽管我因为实际上没有付房租而被赶出了公寓，开始露宿在韦拉札诺海峡大桥下面，抓住一个流浪汉和他的宠物老鼠取暖，但我却做出了一个拥有一座豪宅、两个游泳池和自己的直升机停机坪的富豪的表情。之后发生了什么你知道吗？我开始感觉我住进了比弗利山庄 90210 一样！（我甚至还做出为母亲买了一辆新车的表情！而且，根据我的表情判断，母亲很喜欢这辆车子！）

由于我严重缺少维生素 C 而患上了坏血病，开始无意识地啃咬那位流浪汉和他的宠物老鼠试图给自己补充营养，我就做出了正在大口咀嚼美味牛排和一大坨土豆泥的表情。是的，有时候你只需要相信，就可以说服自己拥有了任何东西！那真是美食啊！

当我开始偷偷跟踪我的前老板和前未婚妻时，我母亲的忠告确实让我脱离了困境。我会做出一个没有偷偷跟踪任何人的随意的表情，安静地等在他们家的外面。当他们离开家外出吃晚餐时，我就开着一辆我通过短路点火的方式偷来的车子跟踪他们，认真地做出没有短路点火偷车的人的表情。

然后，我就等在饭店的外面。当他们点甜食的时候，我就把流浪汉的宠物老鼠塞进一只玻璃瓶里，从饭店的窗户扔了进去。玻璃瓶砰的一声摔了个稀碎，流浪汉的老鼠满身血迹、惊慌失措地在饭店里迅速逃开了。

就在这个关头，我的脸部做出了根本没有做这一切的表情，我立即就感到了轻松自在。是的，有时候最简单的办法同时也是最好的办法！

这时，当食客们开始从饭店里往外跑时，我所做出的表情则是根本没有揪住我的前老板和怀孕在身的前未婚妻，也没有用一块碎钢片扎得他们浑身是血。我从那流浪汉口袋里偷了一把金属勺子，用牙齿咬出来了那钢片。

但是我没有意识到的是，因为我偷了那个流浪汉的宠物老鼠和他最喜欢的勺子，所以他一路跟踪我到了饭店。多么离奇的巧合！不过我并没有惊慌失措，而只是沉着地表现出很高兴看到一个流浪汉来报复我的样子。接着，我真的感觉看到他很高兴。疯了，是吧？秘诀就是装，直到你成功！

我做出的表情就是没有用流浪汉自己的勺子杀死了流浪汉，所以我的感觉就是彻底的放松！

当警察将我逮捕时，我做出的表情就是我根本没有谋杀我的前老板、我怀孕的前未婚妻，以及我的患有精神分裂症的流浪汉新室友。尽管警察根本不相信我，但是我的大脑却被诱导成了认为我是无辜的，这一感觉真是棒极了！我想有时候就是这样，如果你告诉你自己什么事情，那么你真的就相信它了！

在整个审讯期间，我坐在被告席上所做出的表情就是，我并未坚持抚摸我的新宠物老鼠。当陪审团宣布我有罪时，你知道我做什么了吗？你猜对了！我露出了微笑，并感谢他们宣布我无罪，这样，我真的开始觉得我被宣布无罪释放了。哇！这是多么神奇啊！

当我被押向电椅时，我做出的表情就像是被送到了迪士尼乐园，这样，我的大脑就认为这是去迪士尼乐园了，这令我非常高兴，因为我爱迪士尼乐园。当他们拉动杠杆儿，四万瓦的电量穿过我的身体时，我的表情犹如我飞越了太空山。我就微笑，微笑，不断地微笑！

我知道这些话听起来都是老生常谈，但有时候你全部的需要就是一点点信念。

假如她现在遇见我……

假如她现在遇见我，她一定会爱上我。

我的意思是说，如果她不爱上我，那会有点儿难。

此时此刻，我是我自己最好的版本，假如她看到这样的我，假如她现在看到我，她就会爱上我，很可能永远地爱上我。

我今天早上洗了衣服，因此我的衣服闻起来芳香四溢。但是不止这一点，当我洗好牛仔裤时，当我洗好这条牛仔裤时，我穿上它的样子尤其好看。但是好景只是在我洗裤子的日子里。纤维似乎都聚在了一起，比原来绷紧了一些，穿在腿上的感觉显得更为合身。但是我的牛仔裤是蓝色的，这表明我很休闲。合身的蓝色牛仔裤：雅俗共赏的效果。她一定会喜欢的。

假如她现在遇见我，她看到我的牛仔裤了就会想："他是个严肃的人。"

假如她现在遇见我，她会看到我的手臂，会看到我手臂上暴起的青筋。今天早上我做了一百个俯卧撑。做了三组，每组三十三个。那加在一起是九十九个。所以，最后我多做了一个。最后一个做得不算到位，但是那也算数。所以我手臂上的青筋要比平时更突出一些。坦率地说，青筋看上去棒极了。那就像瘾君子吸食了海洛因之后。假如她看到我的青筋，坦率地说，她就会认为我是个全能型后卫。

她很可能会注意到我手臂上的青筋，并认为这些青筋总是这个样子，青筋之所以暴起，是因为我天生身强体壮。我一个字也不会提起我做了俯卧撑的事儿。让我身体的状态自己说话吧。

我只喝那种让我嗅起来好闻的饮料。今天上午酒店里出售了一种特别好的冰茶。冰茶有股留兰香的味道，所以我的口气也就如同留兰香一般。我认为这只是辅料，但正因为如此，它才是完美的。如果今天晚上我们有机会接吻——我并不假定这一步注定要发生——但是如果我们最终能够接吻——我不想排除这个可能——那我的味道就有点儿像留兰香了。她就会以为那是我自然的味道。

她随时都会过来的。随时都会过来。

好吧，再等几分钟。

假如她现在遇见我，我们就会永远在一起。假如就在这一刻她看到我，一切都会有了意义。她就会看到我再也不是高中时那个默默无闻的窝囊废了。再也不是那个妈妈早早来到比赛场地坐在前排拿着摄像机录下每一场比赛的小破孩儿了。她会看到我已经长大成人，已经长成一个出众的帅哥了。

我是说，看我这一天是如何安排的。真的无法抗拒。假如就在这一刻她过来见我，她很可能会问我今天有什么安排，那我就会告诉她实情，我的安排有趣得令人难以相信，她会对我崇拜得五体投地，我们会一起私奔，之后很快就结婚。但愿她此时此刻走过来啊！耶稣啊！

她很可能会问我刚从哪儿过来，去住宅区做什么。我就会告诉她 ：“我去看我姑妈了。她九十四岁了，时常需要有人做个伴儿。所以我就花了些时间陪她，之后我又想，我在中央公园里坐几分钟吧。我姑妈特别酷。”接下来我会说 ：“她可以说是我最好的朋友。”再装出一副尴尬的样子，因为我把一位九十四岁的老人看作了自己最好的朋友。她就会认为我尴尬的样子很可爱，之后我再把肩膀一耸了之。

然后，她很可能会问我今晚做什么。我会再次处在最完美的境况下告诉她实情。我有尼克斯队比赛的球票。对你来说这太低俗了吧？哦，其实我是和一位文化人类学家好友一起去。我一般都和这种人来往。现在看谁低俗呢？尼克斯队比赛，文化人类学家。低俗，高雅。我还真说不清楚。我脑子乱了！

她在哪儿呢？我真的认为这时她该过来了。我是说，我确信她就在市里。杰里提过这个周末她会在市里的。我再等她一会儿。她会来的。

当我看见她时，我要做出惊讶的表情，然后向她打招呼，之后略停片刻，再说出她的名字，让她感觉我是在名片盒里翻找了一阵子似的。“这段时间我十分繁忙，你懂的。”

她很可能会问我在哪儿居住。我会再次告诉她实情，碰巧我住的地方真他妈的棒：

我住在皇后区。

刚刚搬过去住。如果这还不能搞定她，我不知道还能有别的什么。如果这还不能使她彻底地重新评估我，我不知道还能有别的什么。我是说，这可是皇后区啊！是纽约各区中最有意思的一个区！到底是什么样子？极其变幻莫测！皇后区！

假如我住在周边地区，在曼哈顿区，她会以为我保守古板，是精英派。曼哈顿！好像我已经退休了或者怎么了。好像我得到了一把金色降落伞，决定用它降落在宇宙的中心。这太明显了。曼哈顿太那个了！

布朗克斯区呢？布朗克斯！如果住在这个区，我似乎是要做出某种暴力声明。我为什么要住在布朗克斯区呢？我想打动谁呢？我的一生中输了一场什么样的战斗啊，让我沦落到布朗克斯区呢？

或者斯塔滕岛？告诉她我搬到了斯塔滕岛？那还不如告诉她我搬到了朱庇特或者堪萨斯去了呢，或者今天晚上我干脆饮弹自尽吧，因为我绝对没有什么可活的了！假如我搬到斯塔滕岛上居住就等于从地球上消失了，谁也不会在意的！

或者布鲁克林呢？搬到布鲁克林居住？这是纽约最糟糕的区！这个区是如此糟糕透顶，甚至让我在皇后区居住都感到尴尬不已，因为皇后区也是一个区，而它们之间的点滴联系足以让我感到羞耻。布鲁克林！那里充斥着佩戴粗框平光镜和手拿可笑的班卓琴的赶时髦之流，以及为萨奇广告公司工作却称自己为后现代主义艺术家的平面设计师。假如实行征兵制，假如布鲁克林在加拿大，让我选择去布鲁克林求得安安稳稳，或去越南打仗命归西天，那我就选择去越南，高高兴兴地到那里被枪打死，也不去那个上帝都不要的鬼地方！除非那意味着，上帝也不得不踏足布鲁克林！

但我是在皇后区。是皇后区啊！这里形形色色，千变万化。皇后区：我是谁？我可以和任何人互动！这就是皇后区所说的话。我思想开明；没有种族偏见。她很可能想来我的住处。就是为了来看看皇后区。“嗨，午夜我们去家小饭店吃夜宵好吗？”她很可能会这么问我。当然，我们可以去阿斯托利亚，那里街头巷尾到处是夜宵店。“我们可以去跳舞吗？”绝对要去！咱们去克罗纳，那里每个街区都有拉丁社区。克罗纳的拉丁社区比比皆是，我们称之为“拉丁美元区”！这是我们在皇后区开的小玩笑。很愚蠢。只是皇后区的玩笑。想去看一场纽约大都会队的比赛？当然好啊！你返校之前为什么不在这里多待几天呢？我们可以一起赖床，一起查一下纽约大都会队的比赛日程。我们可以去那家迷你饭店吃个晚早餐，那家饭店的店主是个希腊人，他还知道我的名字呢。我们可以租自行车去花旗球场，手拉着手坐在露天看台上，然后她就会说这样的话："这些座位真的很棒，因为我们可以看到整个体育场。"

天哪！现在几点钟了？

我可能该回家了。她在哪儿呢？她怎么可能不从中央公园穿过？在春假期间看望父母的人中，有谁不从中央公园穿过呢？谁不想这么做呢？

这是全市最好的一座公园。也许是全州最好的公园。我也说不准。但是毫无疑问，这是一座很好的公园。我是说，我想不会有人对这座公园感到失望。我认为从来没有人从中央公园里走出来之后说："我不喜欢这里。"

所以我确信，她很可能一会儿就漫步过来了。上高中时，她父母就住在第79大街上。我相信他们仍然住在那里。所以，她最有可能从北门进来。除非他们搬了家。我不能想象他们会搬走。除非由于经济方面或者其他什么方面的原因。不过，他们很有可能把公寓房买下来了。这里的人不租房子。他们相当富有。她的穿戴总是那么优雅。比如说，穿在身上的衣服都破烂了，但是不知怎的，她仍然看上去很优美。她那件羊毛海军呢子小外套，她那件破旧的羊毛海军呢子小外套。不知什么缘故，她却能把羊毛外套穿得很性感。她能够将羊毛的动物属性穿出来，这很说得通，因为羊毛就是出自动物。但是现在人们不再用羊毛打扮自己了。穿起来性感的该是乳胶制品了。或者氨纶纤维了。或者别的什么非天然制品了。我可不喜欢！我喜欢天然料子。我喜欢真诚的产品。我喜欢她。我相信她随时都会来到这里。

我就等到底吧。我准备好就是了。我所能做的就是准备好。

“当机会敲响你的门时，你必须得准备好。”这是谁说的来着？我想是我父亲说的。不对，应该是一位名气更大的人说的。我认为这是一句名言。原话我记不准了，我一定是给释义了。

我无法想象她仍然和那个白痴在来往，那个抽象派画家白痴。他们的关系不可能持久。那根本不会有结果。这他们两人都知道。上次我在那个愚蠢的派对上见到她时，她说：“他很可爱。你不认识他，他真的非常可爱。”“可爱”是他妈的什么意思？我也“可爱”。任何人都可能是“可爱”的！对于别人来说，那简直就是最简单的事情。可爱。好一个讨厌鬼窝囊废白痴！可爱。我一生都在受苦！我天天都在受苦！可受苦是为了什么呢？一定是为了表明什么意思吧！是为了做出贡献，是的，这个我计划继续做呢。但是，噢，不！他可爱。去卖汽车保险吧！可爱。应该拿枪崩了他，他也知道该是这个下场！

而我他妈的在这里做什么呢？让所有这些人从我身边路过，他们却都不是她！我在这里到底在做什么呢？那些路过我的白痴们不是她，都是谁呢？我时间都浪费在他们身上了！他们不在意我和一位文化人类学家去看尼克斯队的比赛！他们不在意我刚刚从我九十四岁的姑妈家里出来！他们中没有一个是她！他们不在意我深蓝色的牛仔裤穿得非常合身，不在意我的青筋暴起的样子最好看！根本不在意！他们只是在碌碌无为地过着自己的日子，好像他们的生活很重要，而我却坐在这里让自己的生命逐渐逝去！

而他们路过我这里时，根本不会注意到我所做的一切，根本不会注意到我的现状，而从这一刻起，我的一切都会变得越来越差，因为我的生命就要逝去。没有她的出现，没有机会向她展示我也一度了不起过，我的死亡就开始了。在我牛仔裤的纤维开始松懈之前，在我的青筋消失在我瘦弱的手臂里之前，我的样子是很棒的！现在，只有现在，我的样子是很棒的！可这又是为了什么呢？！

去我姑妈家有什么意义呢？住在皇后区有什么意义呢？我憎恨皇后区！它离哪儿都远得要命！我他妈得乘坐三条地铁线才能赶到我他妈要坐的线路！我憎恨做俯卧撑！我憎恨篮球！我也憎恨我那位愚蠢的文化人类学家！他只会谈论萨摩亚群岛！我现在正处在人生的巅峰，可是人们却连一眼都不看我！看我！看我啊！你们这帮小人物！你们这帮傻子！你们这帮低能儿！你们这帮瞎眼的傻子、愚蠢的游客！她到底在哪儿！？！这真是太可笑了！！！她到底在哪儿？我要怒了！！！我穿着牛仔裤呢！我穿着牛仔裤呢！！！

好吧，放松。镇定下来。心态要积极。你们根本不知道她的生活是什么样。你们根本不知道她在做什么。她很可能是坐在什么地方等我呢。总之，她很可能是在等我。这就是讽刺，对吧？这就是生活的讽刺，对吧？对我生活残酷的讽刺。

不是的，我确信她随时都会来到这里。

是的。

我十分确信杰里说是这个周末。不过，下个周末是复活节，所以我想，他说的可能是那个意思。也许是下个周末。我从来没过过复活节。不对。不对，我十分确信就是这个周末。我该给他打个电话。

或者我可以再等几分钟。很可能这样做才是最好的。再等一两分钟吧。然后我就往家走。

是的，再等一分钟。

一个校霸做了调查

喔，喔，喔，这不是汤米才怪呢。把你的午餐费给我，呆子！拿过来！什么？你害怕了？你父母离婚了，你是不是担心你家的财政状况啊？喔，哇哇哇，你给我哭吼！你很可能认为这是你的错，是不是？尽管你妈妈告诉你了，这与你没有任何关系，并不是你让你爸爸爱上了他的牙齿保健医生，然后跑到了俄勒冈州的那个静修堂，可是你仍然感觉心神不安。你躺在床上睡不着，总是在告诉你自己，“假如我爱他们更多一些，假如我在学校成绩更好一些，假如奶奶十一月份中风住进医院时我对她更好一些，他们现在仍然会在一起。”现在你得把钱给我，因为你妈妈患有失眠症，对安眠药安必恩有依赖，她便虚弱无力，无法给你装午餐盒，只能给你带钱。好啊，给我哭一条河看看！

喔，喔，喔，这不是理科老师塞罗维兹先生才怪呢！亲眼看到我偷小汤米的午餐费。喔，瞎鼻子维兹，你闻闻这个：我可不是克劳德·莫奈！是的，对了。我知道你受到了我的威胁，但是下意识地把我和莫奈联系在一起，这没用。是的，我知道你在我这个年龄时就想去罗德岛设计学院学习，但是你却没能去成，所以现在你不得不教六年级理科课。喔，哇哇！你很可能以为你就是印象派绘画的未来，你在做高中的艺术项目时，根据莫奈的《睡莲》搞了一次后现代尝试，在一个水箱里将真睡莲放在了一个三维透视画内。哦，你猜怎么着？罗德岛设计学院没有看中，当然你的继父阿龙·塞古拉也没有看中你的作品，那位可爱的艺术批评家从来就没有喜欢过你的作品。抱歉了，老师！

嚯，嚯，嚯，这不是奥马利校长才怪呢！我偷了小汤米的午餐费，又和塞罗维兹先生顶嘴，你是来停我的课吧？我敢说，你惩罚我会让你感觉很好，对吧？在一个少年校霸面前显摆你那有限的权力，是吧？这让你感觉无比强大，是不是？尤其是看到我拥有这样美丽的一头秀发，而你却从十六岁起，就开始经历了迅速的男性型脱发。嚯，哇哇哇！你所有的办法都试了，对不对？最开始你使用的是天然疗法，因为你不好意思告诉你的医生你正在谢顶，而真正能起作用的处方疗法你又花不起钱。所以你就吃了一年的沙丁鱼，渺茫地希望着这种方法能够起效。后来，当你买得起非那雄胺生发药时，已为时过晚，因为你的发际线早已后退，而要让毛干重新从死去的发囊里面长出来，非那雄胺生发剂就没有多少疗效了，两鬓部位尤其没戏，而你那地方头发掉得最多。你完蛋了！

嚯，嚯，嚯，这不是我老爸才怪呢！你是接我回家的吧，因为学校把我停学了，罪名是我偷了小汤米的午餐费，和塞罗维兹先生顶嘴，还告诉奥马利校长他的权力欲根植于他年轻时因男性型脱发而产生的不解创伤。谢谢你接我回家，老爸！这大白天的把我接回家是不是有点儿怪啊，或者说这表明咱家有工作的只有我妈吧？这是不是有意或者无意地再次证明，你已经失去男子汉大丈夫的所有自豪感了呢？你看最开始那是不是很有趣儿哈，妈妈在律师事务所上班，而你在家里带孩子？你是不是向你的朋友们吹嘘，说你很骄傲地回避了性别准则？嚯，呜呜呜！我敢说想到去外面打工，即使做最脏最累的活儿，好体会重新为人，你也会有种火热感，因为你意识到了用你新的空闲时间来写小说根本实现不了，而且你会穿着肮脏的运动裤在家里走来走去，还时不时地看表等待你曾经了解的女人带培根回家。做好心理准备吧！

嚯，嚯，嚯，这不是本小镇一霸才怪呢！他宅在自己的卧室里，对着镜子反思自己的行为：偷了小汤米的午餐费，和塞罗维兹先生顶嘴，揭露了奥马利校长的内心魔鬼，羞辱了他父亲的男子汉情结。怎么竟然到了这种地步？那么坚毅的挑衅者也出现了这老套一刻的良心反思吗？嚯，呜呜呜！你可能认为，用那种极其具体且过度分析的人身攻击方式无休止地去骚扰别人，可能会令你感觉好吧？你可能认为，如果你把所有人都贬低得一钱不值，你就可以将他们拒于千里之外了吧？你可能认为，如果没有人能够接近你，如果你与全世界为敌顽固到底，你就不会受到任何伤害吧？你可能认为，如果没有人喜欢你，你就会一直是一个安全的小泡泡吧？！有能耐咬我！

八

语言

尼克·加勒特评论
雷切尔·洛温斯坦的新书《离你而去》

“必读”小说《离你而去》里倒霉的女主人公卡拉·道森宣称：“这个世界以及这个世界的全体人民都爱我！”

人们会假定，道森小姐的创作人——雷切尔·洛温斯坦一定是怀有同感的。洛温斯坦这位二十六岁的冉冉之星，犹如一股春风席卷了整个文坛，然而，尽管兴奋度似乎只升不降，但是人们仍然感到了一丝警觉，即使往最好了说，洛温斯坦小姐的文学前程似乎也是暗淡的。

让洛温斯坦受到文学界高度赞誉的就是她的这部关于一个女人的悲喜剧。该小说描述了一个女人从无可救药的风情万种变成一个自信而坚强的独身主义者的历程。全国的书友会都举起洛温斯坦对男性凝视的“正统”的批判大旗，掀起了一场新的文学批判运动。

但是所有这些刻薄的批判到底是源于何方呢？洛温斯坦在访谈节目中披露，她与一位特别“自恋”的男人的可怕经历促使她写出了这部畅销书。她说，这部书“证明，女性不需要爱也会感觉幸福”。不过，该书留给人们的想象空间却是，洛温斯坦到底对这位“神秘的男人”做了什么，才使得他如此“自恋”。一曲探戈舞是需要两个人才能跳成的，洛温斯坦小姐，探戈舞是两个人的世界。

和她之前出名的艾恩·兰德一样，洛温斯坦利用一个“计谋”，只是为了表达她的教条主义。而在这种情况中，她使用该技巧所攻击的是一位看似无害的男人。

洛温斯坦小说的开头便向读者介绍了十四年前居住在费城郊区的一个骨瘦如柴的七年级女生卡拉。她虽然不合群，却充满了堂吉诃德式愚蠢幻想，经历着一个又一个的单相思，用卡拉自己的话来说就是，追求“唯一的灵魂伴侣”。

卡拉情窦晚开，一直到高中读完也没有亲吻过一个男生。关于此事，洛温斯坦小姐在访谈时也开过玩笑，说这“很不幸是基于事实的”。在大学时，卡拉在电梯里邂逅一位名叫米克·巴雷特的男生，之后就对她的室友说：“今天晚上，我遇到了我唯一的灵魂伴侣。”

卡拉对爱情过早的宣言最初似乎很是甜蜜，但是很显然，她对巴雷特的期望值过高了。卡拉有没有考虑到，将“唯一的灵魂伴侣”这样一副重担放在一个十九岁的大二学生肩上，有可能超出了巴雷特的承受能力了呢？而且，考虑到巴雷特的父母最近离婚给他带来了许多压力（不出所料，这一细节被洛温斯坦小姐给搪塞过去了），巴雷特也许还不适合安顿下来娶妻生子，而这些情况卡拉似乎从未认真考虑过。

难道只有低调的本评论家认为米克·巴雷特是小说《离你而去》里面唯一具有同情心的人物吗？

卡拉和巴雷特开始了约会。尽管他们的关系看上去很稳定，但是如果认真去解读，读者会发现，在那光鲜的表层下面出现了裂痕。比如，这对年轻夫妇大学毕业时，卡拉获得的是创意写作专业的艺术学士学位，而巴雷特获得的则是较为“明智的”经济学学位，因为尽管巴雷特偏爱绘画，但是卡拉却鼓励他攻读了经济学。“家庭里应该只有一个艺术家。”卡拉很可能在本书里的某个场合说过这样的话，但是据推测，这个场合可能被删掉了。“我需要一个能够支持我写作和养家糊口的男人。”卡拉很有可能继续这样说下去，断然击碎了巴雷特可能想追求艺术生涯的任何梦想。

为了让卡拉写作宝贵的小说有个宝贵的"安静环境"，这对夫妇搬到了韦斯特彻斯特居住（不过，有深刻见解的读者会感觉到，巴雷特或许希望能在城市里住上几年）。作者的目的是要求读者认为这一选择是高尚的，因为宁静的地方是创作的"纯净之地"，就好像创作在某种程度上与治疗癌症一样，具有道德标准。巴雷特不得不在南韦斯特彻斯特的一家互联网广告公司工作。这里被洛温斯坦错误地描述为"具有多样性文化"的地方，因为如果卡拉真有机会到巴雷特的办公室看他，她一定会意识到，离南布朗克斯两个街区远的这处工作地点是令人恐怖的，而"具有多样性文化"则是一个委婉词，只有洛温斯坦这样娇生惯养的作家才会用它来描述每天都在这个世界上巨大的移民社群里被众多文化所伤害的经历。

洛温斯坦继续妖魔化巴雷特，其操控手法令人难以置信，任何从来没有遇到过洛温斯坦或者卡拉这样马基雅维利式不择手段的女人的读者们都会认为，她是在给墨索里尼传记片写剧本呢。

让我们来看这部分：卡拉打算一整天都辛勤地耕耘她"伟大的美国小说"，然后来出席母亲的生日晚宴。早上，她问巴雷特下班路过干洗店时可否将她的红色衬衫取回来，她好穿上它赴宴。巴雷特同意照办，因为坦率地说，他的生活已经变成一道毫无梦想的家务劳动的风景线，他除此之外，还能做什么呢？

卡拉就开始创作了，而她的创作室是从不让巴雷特进入的（多么令人惊讶！），巴雷特下班回到家时却两手空空。洛温斯坦给巴雷特设计的台词是吞吞吐吐地说什么干洗店"打烊了"之类的话，而很显然，读者是会可怜没有合适衬衫穿的卡拉了，人们常会这样可怜身患绝症的人。

然而，洛温斯坦所瞒报的事实却是，这家涉及的干洗店在晚上 7：00 点钟准时关门，而最后一班快车是在 6：36，所以巴雷特要么赶 5：48 在拉奇蒙特停站的一趟车，要么赶 6：36 的那趟车，然后就得一身正装而且是在工作了一整天之后，以百米冲刺的速度跑到干洗店去取衣服。而卡拉是作家，时间安排并不是那么固定，却非要巴雷特去负责取衣服干吗？读者再次获得了一个卡拉饱受欺负、巴雷特粗心大意的这一扭曲了的印象。

下一部分详细地描述了巴雷特和卡拉关系的和解以及他们之间性爱的第二春，充满了令人惊叹的美丽散文，说明当洛温斯坦真正被她的创作主题所感动时，她是具有了不起的描写天赋的。当巴雷特睡觉时，她对他脸部的描述就十分艺术："月亮照在他那柔和的容貌上，卡拉真的希望时间能够放慢脚步，她就可以永远地看着他。"

当描述这对夫妇充满激情地做爱时，洛温斯坦真正显示了其语言的深厚功底："巴雷特的抽动探索劲头十足，不断地开拓着她那待发现的身体，从她的私密处发现了铜矿，令她金色的脊椎剧烈地发抖。"

正是这些充满了希望的段落描写才使得读者感觉洛温斯坦可能真的有未来，希望她做出明智的选择，回到巴雷特身边。或者回到巴雷特原型的身边。

但是，洛温斯坦在迅速将读者引入这个香艳场面之后，同样迅速地收回笔触，《离你而去》又回归到了那种惯有的报复性的（老生常谈式的）文风。

她开始详细地描述这对夫妇不可避免的分离，但是根据本评论人的观点，她描述的方式却极具片面性。比如，当巴雷特对卡拉说，他不希望她母亲来他们家里过这个周末，她就指责巴雷特是“虐待狂”。当巴雷特问她，仅是说了这么简单的一个要求为什么就给他扣上“虐待狂”的帽子，卡拉就愤然冲出了屋子。洛温斯坦似乎在叙述中“随手”省略的内容却是，卡拉的母亲是美国整个东海岸上最苛求、最令人气愤、最专横、最善于使手段的女人（不过，读者在阅读了两百页关于这位假女权主义者愤怒的谩骂内容之后就不会感到惊讶了，这内容造就了她的作品《离你而去》)。有一次，巴雷特在暴风雪中驱车四十五英里去接卡拉的母亲，因为她拒绝乘坐大巴车过来，说那车里“有怪味儿”。

卡拉最终提出离婚的那章读起来很像洛温斯坦这部作品的高潮。卡拉低声下气、可怜巴巴地哭泣求得同情，尽管她知道她所做的事情是错误的：并不是她离开了他这一事实，而是她离开他的方式。趁他那天还在上班时她换了门锁，这真是莫大的惩罚。这只能令他感觉自己非常渺小，非常愚蠢。他甚至都没有愤怒。他只是感觉孤独。

他们也曾经有过美好的时光。他们真的好过。卡拉可能很难记得他们之间曾经有过多么深厚的情感，因为她总是被一种难以名状的愤怒蒙上眼睛，但他们真的爱过彼此。只要让巴雷特回来和卡拉在一起过上一天的好日子，让他做什么他都会愿意的。

我猜巴雷特希望也许卡拉正在某个地方阅读他的这个愿望。也许是在彼得森街上他们常去的那家咖啡馆里，那条街上还有家水烟吧，或者是在那个公园里，他们过去常在里面那尊破败的马雕像下面亲昵。而且，如果卡拉愿意，他们可以找时间再去那里见面。不是为了约会，只是见面谈一谈。只是为了尽释前嫌。只是为了他能够告诉她，他真的为她所做的事情感到骄傲，她值得拥有她所获得的成功，他也一直知道她会有了不起的成就。

他只想看着她的眼睛告诉她他爱她。他只想最后一次用手去感受她那柔软的手心，轻揉她的十指之间。尽管发生了这许多，可他仍然爱她。他也将永远爱她。

一星半。

用“思想到文本”技巧写成的短篇小说

今天是星期四，但是对于约翰来说，这好像是星期一。约翰就是喜欢星期一。星期一他工作的干劲儿十足。恐惧星期一上午的那种老生常谈在他身上不适用。他也不参加饮水机旁边关于“折磨”和空洞谈话的种种抱怨，而这类空洞的谈话不外乎是那种熟悉的问答句：“你周末过得怎样？”“太短了！”是的，约翰喜欢工作，而且无愧于这种感觉。

也许我该再来一杯拿铁咖啡。我一直坐在这儿守着这个空杯子呢。可是之后我会开始感觉紧张不安。我得来一杯脱咖啡因的咖啡。不行，那样很愚蠢，花钱买一杯脱咖啡因的咖啡很是愚蠢。我没有理由这么做。

每逢周末约翰就感觉不耐烦。他想念工作日的那种正规结构。小时候读书时，星期五放学之后他总是很晚才回家，星期一早上又早早地来到学校。对儿子的这种习惯妈妈是褒贬参半，说他这是在“加班儿学习”。

天哪，我描写的又是一个失败者。

现在，约翰正在这样度过一个周末：他在离婚之后丽贝卡留给他的都铎式庄园的院子里干活儿。杏眼（形状和颜色都和杏仁一样）女人丽贝卡永远不会是他的敌人。

那位咖啡师一直在看着我。如果我不买点什么，她很可能会让我离开。她长得挺漂亮的。她的头发并不漂亮，有点儿稀疏打绺，但是她的脸蛋儿好看。我真该买点儿什么了。

他们的离婚可算是好说好散类型的。事实上，约翰会经常对自己的父母说：“丽贝卡现在和我的关系比我们结婚那阵还要好！”不仅如此，约翰还期待着有一天，他和丽贝卡以及他们各自的新伴侣会坐到一起来回顾他们的婚姻生活，以两个成熟成年人的角度来正面地审视他们的婚姻。

也许我可以买一块南瓜香料面包。这样，我就可以仍旧坐在这里，而不用麻烦地买什么咖啡、说出自己的名字，并且傻等着他们准备好食品了。

但是，如果让约翰坦率地说，这座房子在周末空空荡荡的。前妻的父母非常慷慨，尽管房子是他们买的，但还是把房子留给了他。约翰仍在磕磕绊绊地创作着他的短篇小说——我是说他的绘画——让自己的事业发展起步，丽贝卡及其父母给予了他许多支持，即使他们离婚了，他们对他的支持也没有间断过。

也许那位咖啡师看我是因为她觉得我长得很帅。我穿着蓝色衬衫。她的头发稀疏打绺。我干吗要说人家的头发稀疏打绺呢？我以为我是谁？我是大明星加里·格兰特吗？

现在，约翰在弗勒斯坦 & 卡普洛维茨律师事务所做一份临时工作，以使自己重新振作起来。他制订了一项目标很高的半年计划：他要攒钱还上丽贝卡父母的房子钱，然后再花上一段时间专心搞他的写作——是搞他的绘画。再过几个月，他就会重新站起来，甚至还可能与某个女性订上婚。也许就是咖啡馆里的那位咖啡师。是的，这几乎自相矛盾，这份临时工作居然给约翰提供了他所渴望的那种稳定。

写得好差。差到家了！

实际上，在深刻自我反思的时刻，约翰是很憎恶这份工作的。他这是在逗谁呢？他做的是临时工作。从来没有人喜欢过临时工作。这加重了他的不稳定心理，证实了他对就业市场冷嘲的看法，使他不能放开手来做他唯一喜欢做的事情，那就是创作短篇小说——我是说绘画！绘画！约翰享受绘画！

我想我该去一趟厕所。

约翰是个了不起的画家。

差不多所有上厕所的人看上去都像流浪汉。也许我可以进去什么都不碰。我可以用鞋子把马桶盖掀起来。

约翰常常纳闷，为什么大学的史蒂夫·鲍曼现在混得如此之好，而他约翰却屈尊在这里做着份临时工作，徒劳地想还上丽贝卡那被动兼攻击型父母的房子钱，可是当初他却并没有想让他们买这房子。史蒂夫·鲍曼是个毫无天赋的蹩脚货，甚至还向约翰承认过，他写作——绘画！——的唯一目的就是为了“猎获女人”。他真的说了“猎获女人”。但是丽贝卡却认为他“很有趣”，说他们可以“真实地生活在一起”。我希望他们两人都死于癌症！约翰和丽贝卡过的是什么生活呢？为什么那段生活就不“真实”了？或许，假如丽贝卡的父母能够让约翰自主地呼吸，而不是每次有机会就将他们那虚伪的基督教“价值观”强加给他，他们的关系也许就会更加“真实”了。祝你好运，史蒂夫·鲍曼。希望你喜欢一个说话办事毫无边界的丈母娘！

我想我该再来一杯拿铁咖啡。那个咖啡师真是性感。我们在我的地板上做爱时我想揪她稀疏打绺的头发。

约翰经常在半夜里去丽贝卡和史蒂夫的新家，盯住他们的窗子看。

她后背上可能有文身。够淫荡的。

约翰心里暗暗地希望看到史蒂夫和丽贝卡干仗。他想象透过窗子看到他们的影子，看到丽贝卡将电话机砸向史蒂夫，史蒂夫躲避了一下，但是头部仍然被砸中。约翰会因这种幻想兴奋起来。

我该说些俏皮话，比如说："咖啡并不是这里唯一热的东西。"而她呢，很可能会说："我七点钟下班。"而我呢，又可能会这么说："我没有真正的工作，所以对我来说，什么时间都合适。"天哪！我在和谁开玩笑呢？我是个窝囊废。她根本不会喜欢我。即使是一个后背上有淫荡文身、头发稀疏打绺的咖啡师也根本不会喜欢我的。

但是当然了，约翰在史蒂夫和丽贝卡的窗前什么也没有看到。他想往一个玻璃瓶子里撒尿，然后从他们的窗子扔进去，可是他却没有勇气这么做。他是个窝囊废，就连一点儿小小的故意破坏他都搞不了。他是一个极其愚蠢的作家——是画家！——他连自己的创作室都没有，只能在星巴克里面蹭个座位来写作——绘画！因为他在弗勒斯坦 & 卡普洛维茨律师事务所复印自己的短篇小说——是绘画！——而被解雇了，他原本应该给那些腐败的公司放高利贷大鳄们复印诉讼案情摘要的。丽贝卡绝不会回到他身边的，没有人会再爱他了，他将带着他肥胖的身体、秃秃的脑袋，孤独地、可怜地窒息在、死在他的岳父岳母买给他的这座丑陋的房子里！

也许我该来杯茶。我喜欢那个芙蓉茶。那茶喝起来挺甜的，但又不是太甜。很好喝。那味道很美。

或者我该来一片南瓜面包。我想我以前吃过。我想我当时肯定非常喜欢吃。我想这种面包一定是季节性很强的美食。我有一阵子没有见过了。

我先吃喝它一阵子，然后再回去工作。看来一切都进行得不错。刚开始时有点儿困难，但是现在进行得确实不错。这件事情的过程是有些怪异，我一直在想我写不出什么东西来，可是突然间，我却被自己的灵感迷醉，一发不可收了。

我想我对自己过于苛刻了。我想我惩罚自己是没有任何理由的。我想我已经达到最佳状态了。我去买杯芙蓉茶。那种茶非常好喝。

然后就回去工作。

假如我流利地讲……

法语

坐在火车车厢里的法国人甲：哇，这个美国人看上去真蠢。

车厢里的法国人乙：是的，所有美国人都很愚蠢，他们的外表和大脑都很愚蠢。

法国人甲：幸运的是，他听不懂我们说的是什么，因为他很可能只会讲英语。

法国人乙：我们的这个假设一定很靠谱。

法国人甲：是的，美国人只会讲英语。这件事我很有把握。这是事实。

法国人乙：让我们继续当着这个愚蠢的美国人的面侮辱他吧。

法国人甲：这真是太好玩儿了！因为这种感觉是既安全又危险，感觉安全是因为他不会讲法语，感觉危险是因为他离我们这么近。

我：实际上，我的法语讲得很流利，我听懂了你们在说我什么。

法国人乙：（脸红）噢，我的天！

我：尽管你们以为你们在侮辱我，但是最终感到羞辱重负的却是你们，因为你们那种高傲的假设和误导性的语言自豪感将给你们和你们的国家带来污点。

法国人甲：他说得对。我现在感到很羞愧。

法国人乙：是的，他证明了，小到我们自己，大到我们国家，都很傲慢和愚蠢。

印地语

一家印度饭店的服务员：您好，先生！欢迎您来到正宗的印度餐馆！您对菜单有什么问题吗？

我：有个问题。为什么你们所有的食品总是让我感觉恶心呢？

服务员：因为我们给我们美国客人上的是那种能够导致腹泻的奇怪的调料。

我：噢。

服务员：是的，这是所有印度餐馆的官方政策。

我：哦，那么你们给你们印度客人上什么菜呢？

服务员：我们给他们那种更好一些的印度食品，不会引起腹泻。

我：你能不能也给我那种？

服务员：当然能了。既然您是用我们的语言提出的要求，我给您服务感觉更舒服些。

我：谢谢你。

服务员：请不要告诉您的美国朋友们这种不导致腹泻的点菜选择。

我：我当然不会告诉他们了！这是我们两人之间的小秘密。

葡萄牙语

巴西绑匪：嗨，那位美国游客！我要绑架你，然后为了政治目的索取赎金。

我：不，求求您放了我。

绑匪：等等，你会讲葡萄牙语？

我：是啊，我会讲，还很流利呢。

绑匪：哇噢，你在什么地方学的？

我：是在纽约的一所学校学的，学生主要是外交官和其他有国际意识的人。

绑匪：你是说"学习附件"那所学校吗？

我：正是。

绑匪：就是在第103大街上的那所？

我：对啊。你怎么知道这所学校的？

绑匪：那是纽约上西区学习葡萄牙语最有名气的学校之一了。假如这个我都不知道那该有多丢脸啊。

我：说得好。

绑匪：我可不是生活在泡沫中的，你懂的。

我：你当然不是。请接受我的道歉。你还要绑架我吗？

绑匪：不了，你现在是朋友了，因此可以走了。

我：很高兴遇到你。

绑匪：我也非常高兴。祝你学习好。

我：也祝你好运，祝你的战斗好运！

阿拉米语

耶稣基督：劳驾，这位异教徒。

我：耶稣？您在纽约做什么呢？难道这是您的第二次圣临？

耶稣：不是，我只想来那家新开的人人都在谈论的奶昔小站快餐店尝尝。

我：噢，是啊。他们的汉堡相当不错。

耶稣：我听说人们通常都疯狂地来排队。

我：队伍是很长，但还是往前挪动的。

耶稣：你看你能不能和我一起来排队？我感觉有点儿孤独。

我：您还孤独？让我猜的话，您该拥有差不多十亿朋友吧？

耶稣：是啊，我也这么猜想。但是这里除了哥伦比亚大学的那位神学教授之外，没有任何人懂阿拉米语，可是他却有点儿令我毛骨悚然。他总是不停地问我关于我妈妈的完全属于我个人隐私的问题。

我：很怪异。

耶稣：我知道！我就想“跟踪狂啊！”他又问我“都灵裹尸布”是否是真的，然后我就觉得“这不关你的事”。

我：我甚至不知道“都灵裹尸布”是什么。

耶稣：正因为如此，和你在一起我才感到如此的耳目一新！嗨，你愿意做我的新朋友吗？

我：可以啊，把我算上吧。我朋友杰夫去博尔德攻读研究生了，所以我这里算是有一个空缺。

耶稣：太好了。既然我们这么说定了，我可以保证你在天堂有一个特殊的位置。

我：真的吗？即使我在生活中做了些坏事也可以吗？

耶稣：可以。因为你讲我的语言，你任何时候都可以进入天堂。

我的垃圾邮件锲而不舍

收件人：我

发件人：亚历克霞

主　题：我想你宝贝儿！

嗨，宝贝儿，

你在哪儿呢？我很想和你聊天！我就在网络摄像机前一丝不挂地坐着呢，等待你上网。

事实上，我等得太久了，我练起了刺绣的活儿！这个活儿可真是了不起！它既能让人沉思，又能让人有创意。我就要绣完我的第一件运动衫了！所以，当你登录时，我有可能正在埋头做锁边绣呢。如果让你久等了，我表示抱歉啊，甜宝贝儿！

我一想你就兴奋得不得了！

所以，为了冷静下来，我开始重读乔叟的作品！哇噢！重新发现多棒啊！太深奥了！但是太(有迷惑性地)有趣了！等不及了要见你,亲爱的！但是如果你今晚登录，我有可能正忙着穿越坎特伯雷呢！

如果我在忙着，你该和我的某个女友聊天，比如特里克西或者罗克珊娜。她们好棒啊！当然了，我喜欢和你滚床单，但是如果你想和某个新的小妞来往，我也完全理解。反正我也不赞成网恋一夫一妻制。我有很大的梦想！我想和巴黎的变态调情！甚至和非洲的变态调情！也许除了我通常的乐器之外，我还可以学习吹奏一个新的乐器！

所以，给我打电话！

或者不打！

都行。

<3 亚历克霞 <3

收件人：我

发件人：杰弗里·奥巴桑乔先生

主　题：需尽快回信

尊敬的先生或女生：

我怀着沉重的心情知会您，我的叔父——一位富有的尼日利亚王子与世长辞了。他逝世之后，我们发现他曾获得一笔 4800 万美元的巨大财富。

不幸的是，如果想把这笔钱弄出来，必须转到一个美国银行账户上。

作为进入美国银行账户的交换条件，我们会很高兴地将这笔巨款的百分之十（480 万美元）酬谢给接受者。

我们选择了您作为接受者。

然而，我们也在考虑您的邻居拉里·斯坦诺维茨。我们知道您认为拉里的钱够多了，因为他在不断地炫耀自己新买的标致轿车和从巴尔杜茨美食店买来的好东西，但是我们并非是在做慈善事业。我们仅需要一个账户。

如果拉里不能接受这笔钱，我们也可以考虑您的同事希拉·德鲁克。尽管她在公司里善于溜须拍马，也是您想当副总裁的唯一直接竞争对手，但是我们仍认为她可能是获得这笔酬金的合适候选人。需要重复的是，我们并非在寻找优秀公民。我们仅需要一个账户。

请尽快在您合适的时间回复我们。

但是如果您回复不及时，我们可能就去找拉里或者希拉了。他们看上去也是不错的人选。

您诚挚的

奥巴桑乔先生

收件人：我

发件人：Gmail 预警

主　题：确认 Gmail 密码！

亲爱的用户：

您的 Gmail 账户需要您确认密码。如果您不能在 24 小时之内用密码回复这封邮件，您的账户有可能受拦截。

这也许不是什么坏事。

我的意思是说，您真的需要那么频繁地查看邮件吗？您没完没了查看邮件的行为已经变成了一种精神病。它损害了您的人际关系，削弱了您那比别人缓慢却更独立的批判性思维的技能。

对电子通讯的这种强烈爱好已经成为了一种毒瘾，而正因为这种上瘾，整个社会——不仅仅是您自己——既是受害者，又是侵略者。不管是您母亲从她的读书会（它叫读书会,而不是叫“读书会期间任何食品都拍照”俱乐部）不断大量地发照片，还是您那些有孩子的朋友们那种被动侵略型的不断“更新”，告诉您他们觉得带孩子要比预想的容易得多，这都是一条您不断追寻却永远也捕捉不到的神龙。

您的 Gmail 账户只不过是您自己打造的又一座监狱，是一座绝望的全景监狱，荷枪实弹监视着您的都是些孤独的看守。

所以，您可以用您的密码来回复这封邮件，但是这很有可能要永久地重复这个危险的循环。

也许您最好静止一段时间。享受一下户外的世界。去散散步。找个陌生人聊聊天。

很抱歉打扰您。

Gmail

不太难的绕口令

彼得·约翰逊挑了一组罐装调料。
如果彼得·约翰逊挑了一组罐装调料，
那么彼得·约翰逊挑了多少罐装调料？

假如土拨鼠能够丢弃木材，
那么一只土拨鼠能够丢弃多少木材？

萨莉沿海滩叫卖鱼骨架。

“毛茸茸软绵绵”曾经是只熊。
但是它却没头发。
所以，如果真的是这样，
它怎么会是毛茸茸呢，对吧？

摩西认为他的指骨是多年生的。
但是摩西错了。
因为没有人的指骨像摩西认为的那样，
是多年生的。

一个聪明的家伙，
认为他该得到这个称号。
两个聪明的家伙，
也认为他们该得到这个称号。

三个聪明的家伙，
都认为他们该得到这个集体称号。

红黄相间的皮革。
红黄相间的皮革。
(“)

纽约与众不同。

伊丽莎白·博特花钱买了人造黄油。
但是伊丽莎白·博特花钱买的人造黄油
却有一股酸味儿。
所以伊丽莎白·博特又花钱买了些
优质的人造黄油，
两者一相拌，
伊丽莎白·博特买的人造黄油味道好多了。

我母亲逼着我毁掉我那些玛氏牌巧克力糖。

一根玉米分两半，詹姆斯真有两下子，
不过我真的一点儿不在乎。

我尖叫。
接着你也过来尖叫。
很快我们都在尖声叫喊，
赞美眼前的软质奶油冰淇淋。

九

我们仅有时间再演奏一曲……

PETER
JAWORSKI
& his band

我们仅有时间再演奏一曲……

多谢了！你们真是了不起的观众！布法罗真的是我最喜欢的城市之一。我们喜欢路过这里，并在这个城市最好的音乐厅腐树演奏音乐！不幸的是，我们仅有时间再演奏一首曲子了。

我真希望我们能够整晚都和你们一起来摇滚，但是出于各种原因，我们仅有时间再演奏一首曲子了。

我们的贝斯手史蒂夫·巴伦有了两个孩子，因此他不能在外面待太晚了。我知道你们在想什么呢："史蒂夫有两个孩子？去年你们来这里演奏时，他还没有孩子呢。"哦，是这样，他刚有了一对双胞胎。刚一上阵就赢了两个。如果说这还不是真正的"浴火重生"，还有什么是呢？想想看吧。这家伙有生育能力。

还有，我们的小提琴手马克·普拉特大拇指上磨出了个水泡，我不是在逗你们，那个水泡足有小高尔夫球那么大。每演奏一个音符都给他带来巨大的痛苦。所以说，这也是我们只能再演奏一首曲子的原因之一。

我们的鼓手丹·西蒙斯并不熟悉我们更多的曲子。我们的前任鼓手萨米·马博出于"搞创作与我们产生了分歧"（换句话说，他是个迷恋可卡因的极端利己的精神变态者），而丹·西蒙又没有努力去学会全部作品。所以说，如果我们再多演奏一些曲子，那就意味着我们基本上没有鼓点来伴奏了。

至于我，我倒愿意整个晚上都演奏。我没有别的什么事情可分心。我差不多把我的生命都献给了这支乐队。我写曲子，我是主唱，这个乐队的名字就叫“彼得·贾沃斯基和他的乐队”，而我就是彼得·贾沃斯基。为了创造一个完整的生活，我真的是非常卖命。如果让我坦率地说，这种生活很孤独。我回到家里一个人面对四壁。我吃冷冻快餐。看很多网飞公司的节目。没什么吸引人的。我的生活面儿已经变得十分狭窄，我真的没有什么新的经历可写了。所以你们刚才就听了三首关于我的本田雅阁车速的歌曲。头两首还相对有点儿意思，但最后一首却过于老套了。我知道了。

话说回来，我们仅有时间再演奏一首歌曲还有一个原因，那就是我们的调音师乔乔因赌博问题缠身，必须要和她的赌彩经纪人在网上用 Skype 谈这个问题。整个事件似乎不负责任，但事实是，她的调音水平很高，我们其实付不起钱雇更好的调音师了。

接下来还有工会的问题。听我说，我和所有人一样都支持工会。我的父母当过老师。但是如果我们演出过了 11 点钟，哪怕是过了一分钟，每个人就得给一倍半的工资，那我就麻烦了。

还有我们的铃鼓手平克，他要去约会。你们能相信吗？你们看看他：他胡子拉碴的，身高只有五英尺，可是不管什么原因，女人似乎就是喜欢他。

我还能感觉到，有些巡回乐队管理员并不像我这样喜爱彼得·贾沃斯基和他的乐队。我问过德韦恩·比默是否喜欢我上个星期写的那句歌词“你的爱就像我静脉中的砂纸”，他看我的那种眼神犹如我是全世界最愚蠢的人。当我们演奏《砂纸血液》时，他那张爱批评人的面孔就涌现在我的脑海里。我明白他可能有点儿不高兴——他其实是给下五大湖区的一支三流情绪－垃圾摇滚[1]乐队拿放大器的——但是他说话也该讲些策略。我也有感情啊，德韦恩 · 比默。

我们只能再演奏一曲的另一个原因是，特迪 · 法奥厄在切切乐餐厅预订了桌子，阿利亚 · 科尔曼买的 Wi-Fi 今天午夜到期，谢泼德 · 布伦南需要洗头发，罗里 · 汤普森患上了胃食管返流病。

以上这些仅是我们只能再演奏一首曲子的一部分原因。

那么，我就不再多说了，下面是我们的最后一曲。女士们，先生们：《磨砂黑色本田》！

[1] 即"emo-grunge"。

致谢

感谢我了不起的编辑们：格罗夫出版社（Grove）的彼得·布莱克斯托克，《纽约客》（*New Yorker*）的苏珊·莫里森，《麦克斯韦尼》文学杂志（*McSweeney's*）的克里斯·蒙克斯，感谢你们（分别地）鼓励我重视简洁、成熟的风格，以及不要把一个九岁孩子所有的故事都写得那么令人伤心。我还要感谢格罗夫出版社的朱迪·霍腾森、戴伯·西格和摩根·恩特里金，《纽约客》的戴维·雷姆尼克和艾玛·爱伦，以及《麦克斯韦尼》文学杂志的戴夫·埃格斯，感谢你们这些优秀的出版机构，我很荣幸地被收录其中。感谢我不知疲倦的代理人西蒙·格林、迈克尔·基维斯、克雷格·格林和奥利弗·萨尔顿，感谢你们保证不仅让本页上所提及的人们阅读了本故事集。感谢不张嘴比张嘴的人还要滑稽的让·朱利安。我还要感谢李·加贝、吉姆·贝格利、安娜·斯特劳特、加布·米尔曼、布莱恩·威斯特摩兰和米娅·沃斯考斯卡。最后，我要感谢支持我的家人，即使书中的玩笑涉及他们，他们也从来不投反对票。